杨峰·主编

耿仝·著

秋水芙蓉一镜涵

百花洲

JiNAN

山东城市出版传媒集团·济南出版社

序

XU

讲好济南故事是我们的使命

看到济南出版社重磅推出的“济南故事”系列丛书，无论是作为济南城市的建设者，还是作为在这座历史文化名城工作与生活了数十载的济南市民，我都深感高兴与自豪。

伴随着这座历史文化名城发展变迁的足音，感受着这座时代新城前行律动的脉搏，我们会感到脚下的大地熟悉而又陌生。当时光列车即将驶入21世纪第三个10年的历史关口，济南的明天将会怎样，想必是每一位济南人都迫切需要了解的。要知道济南向何处去，首先要回答济南从哪里来。只有了解济南的昨天，才能知道济南的明天。了解济南故事，讲好济南故事，让更多的济南人热爱济南，让更多的外地人了解济南，使之成为建设美丽济南的磅礴动力，是我们义不容辞的使命。那么，了解济南故事，从阅读这套丛书开始，应该是个不错的选择。

济南是一座传统与现代相互融合的城市。一方面，济南地理位置得天独厚，南依泰山，北临黄河，扼南北要道，北上可达京师，南下可抵江南。济南融山、泉、湖、河、城于一体，风景绮丽，秀甲一方。她群山逶迤，众泉喷涌，城中垂杨依依，荷影点点，既有北方山川之雄奇壮阔，又有江南山水之清灵潇洒，兼具南北风物之长。作为齐鲁文化中心，她历史悠久，文脉极盛，建城两千多年以来，文人墨客、名士先贤驻足于此，歌咏于此，留下无数美好的诗篇。近代开埠以来，引商贾、办工厂、兴教育，得风气之先，领一时风骚。这些都是济南的老故事。

另一方面，作为山东省政治中心、经济中心、文化中心，当前的济南正面临新旧动能转换先行区、中国（山东）自由贸易试验区济南片区、黄河流域生态保护和高质量发展三大国家战略叠加的重大机遇，正对标习近平总书记

“走在前列、全面开创”的目标要求，阔步从“大明湖时代”迈向“黄河时代”。今日之济南，围绕“打造四个中心”，建设“大强美富通”现代化省会城市，努力争创国家中心城市，统筹谋篇布局经济社会发展，大力发展大数据与新一代信息技术、智能制造与高端装备、量子科技、生物制药、医疗康养等十大千亿级产业集群，加快产业转型升级，一大批重大工程、重大项目落地投产，城市发展充满了无限生机。同时大力推进城市建设管理更新，中央商务区勃然起势，“高快一体”快速路网飞速建成，城市容颜焕新蝶变，城市品质赋能升级，城市文明崇德向善，生活在这座城市里的人们，有着以往从未有过的获得感、幸福感和安全感。现在的济南又趁势而上，加快实施公共卫生应急管理、营商环境优化、双招双引、项目建设、科技创新、城市品质提升、扩大对外开放等十二项重点攻坚行动，踏上了更为壮阔的高质量发展新征程。这是济南故事的新篇章。

作为时代变化的参与者、见证者，同时也应是优秀传统文化的守望者和美好故事的讲述者，我们有责任深入讲好济南故事，告诉世人济南的前世与今生。但也许是尊奉礼仪之邦“讷于言而敏于行”的古训吧，这些年我们做了很多，讲得却还不够。济南出版社策划出版“济南故事”系列丛书，可谓正当其时。它从多层面多角度挖掘、整理和诠释济南风景名胜、人文历史，向世人娓娓道来，并以图书的形式呈现出来，是一件有着深远意义的事情。我希望这套丛书能成为一把钥匙，为读者打开一扇门，拨开历史的风尘，带领读者穿越时光，纵览波澜壮阔的历史长卷，与往圣先贤来一场跨越时空的对话。

翻开它，我们走进历史；合上它，我们可见未来。

中共济南市委常委、市委宣传部部长 杨峰

目录

MULU

百花洲：秋水芙蓉一镜涵

第一章

那时，还没有百花洲

百花洲是唐代以后才出现。在这之前，古历水流经此地，士绅们在这里建流杯池，玩起了曲水流觞的游戏。

流杯池与上巳节

在今天的百花洲附近，有处名为“流杯池”的水塘以及流杯池子街，据说，这是古人举办曲水流觞的地方。一提到“曲水流觞”，人们自然而然地就想到王羲之的“兰亭雅集”，这是举世皆知的。但“上巳节”及“曲水流觞”在王羲之之前很久就广泛存在了，只是因为王羲之的缘故更为人所熟知罢了。在王羲之死后一百年，诞生了一位名叫郦道元的地理学家，他写了一本名为《水经注》的书，里面记载了1 500年前济南的流杯池：“（历水）又北，引水为流杯池，州僚宾燕，公私多萃其上。”这个流杯池就在今天珍珠泉之北，曲水亭街一带。这处流杯池的水源是“历水”，而历水的源头是“舜泉”，济南“流杯池”是由泉水汇聚而成的。很久以来，人们只知道济南历史上确确实实有“流杯池”，但一直没考证过流杯池为什么要建在历水畔，而不是在他处。

在讲这个问题前，我们不妨先陈述一下这一时期济南的城市地理环境。在魏晋南北朝乃至之前很久一段时间中，济南的城池是非常小的，城墙东至大约

百花洲街区与大明湖风景名胜区

今天的天地坛街这个位置，北至今天省政府一带，我们权且将这座小城池称之为“历下古城”。在这座小小的古城池附近，有三条水系：一条是发源于趵突泉的泺水，在历下古城的西墙外；一条是发源于孝感泉的孝感水，自城中向北流去；还有一条就是发端于“历祠下泉”的历水，它流经历下古城的东门外。不难发现，这三条水系的共同点——那就是在发端于历下古城附近并向北流去。

古代流杯池的选址，首先是因为古代济南人过上巳节就在历水一带。无论这个流杯池是谁建造的，官员富商也好，士族门阀也罢，不会是为了自娱自乐，必然要在老百姓过上巳节的那个地方建造。古代官民士绅的节俗行为都是一致的。所以，在中古时期乃至以前，三月三上巳节前后济南人都到流杯池这里——也就是历水畔，来祓禊、饮宴、游玩。

很多人就会有疑问了，趵突泉、泺水名气比舜泉、历水要大得多，为什么会选择历水？而且历水一线也有其他舒缓的流段，为什么会在流杯池这个位置过上巳节？揭开这一谜题的钥匙，仍然是“水”。

在《后汉书·礼仪志》里有这样一段话：“是月（三月）上巳，官民皆洁于东流水上，曰洗濯祓除、去宿垢疢为大洁。洁者，言阳气布畅，万物讫出，始洁之矣。”三月三洗一洗就不会得病了。这里有很重要的一点，那就是“东流水”——必须是向东流淌的水系，汉代过上巳节必然是在东流水边的。这个风俗的源头要更为久远。到了汉代，这一说法又增加了新的元素，认为东流水可以治病，尤其是治疗“热病”，在东流水里洗澡可以预防热病。前面提到《后汉书》的那段话中，就有“洗濯祓除、去宿垢疢为大洁”的说法，这里这个“疢”字就是指的“热病”。“热病”是什么？《医宗必读·伤寒》里说：“热病者，冬伤于寒，至夏乃发。”这个病源始于冬季，发病于夏季，上巳节是春末夏初，在这个时间正好预防此病。《黄帝内经》所说：“上工治未病，不治已病，此之谓也。”“治未病”就是在病未成时进行调理，而中医里认为东流水“趋下而纯阴，与众水大别”，正好预防热病。所以，至少在汉代，人们过上巳节都是选择在向东流淌的水系边。

说到这里，熟悉济南历史的人疑问就更大了——济南的“东流水”在趵突泉北边啊，这么说来古代济南人更应该在泺水过上巳节才对啊。但大家不要忘记，古泺水是流向北的，中古时期的泺水流入今天大明湖迤北的一片大水泽，往东的流段并不是完全意义上的河流；而在更早，泺水是直接向北经泺口流入济水的，它不是东流水！疑问又来了，既然泺水不是“东流水”，那“东流水”这个地名是怎么来的呢？

济南“东流水”这个地名，最早见于明代崇祯《历城县志》，最初名为“船巷”。我们都知道，近代的东流水街是全中国生产阿胶最多、最好的地方，这里生产的阿胶非常有名。阿胶，是用驴皮为原料，经煎煮、浓缩制成的固体胶，至今已有近三千年历史。《神农本草经》里认为：“真胶产于古齐国之阿地，又以阿井水煮之最佳”。阿胶原产自山东东阿，为何在济南生产的阿胶也能称之为上品呢？这依然与水有关。阿胶之所以以东阿产为正宗，是因为熬煮阿胶用的是“阿井”的井水，济南趵突泉的水跟阿井水有异曲同工之妙。

在东阿，阿井水被称之为“活井水”，就是说它不是地下水那么简单，在井的下面有一条神秘的河流——济水。济水在古代是“四渎”之一，与黄河、长江、淮河并列。什么叫作“渎”？不在于水流多少，只要是不受其他河流的干扰，独流入海，就被称为“渎”。但济水又非常特别，它“三伏三现”，有的河段是地下暗流，有的河段是地上河。济水伏流是济水之菁，用它熬胶方为上品。自古以来，趵突泉就被认为是济水伏流的涌出口。《梦溪笔谈》记载：“古说济水伏流地中，今历下凡发地皆是流水，世传济水经过其下。”这是这条街名为“东流水”的原因。清朝末年，由于古阿井多次淤塞，民国初年彻底干涸，东阿镇狼溪河水逐渐成为制备阿胶的水源，东阿的阿胶不再正宗，阿胶制作中心逐渐转移到济南的东流水街。

我们通过济水的变迁也可以验证这一问题。前面说了，上巳节的活动地点选择肯定要早于流杯池的建造时间，至少在汉代济南人就普遍在历下古城外过上巳节了。济水很早以前就断流了，隋唐时期清河借用了济水故道，趵突泉是“济水伏流”这个说法则至少要在济水消失之后很久才可能被提出来。郦道元在《水经注》里把济水断流的时间定位在王莽时期：“当王莽时，济水入黄

复建的流杯池子

河不复出，荥泽则始枯。”这一说法有待商榷。《续汉书·郡国志》里提道：王莽时大旱，济水枯竭断流。王莽始建国三年（11）的一次河决，波及四郡三十二个县，济水和汴渠都被侵毁，直至王景治河时才把这两条水道修复。大约在王莽之后，济水就逐渐断绝了。所以在上巳节盛行的历史时期，趵突泉还没有被称为济水的伏流，是不可能被命名为“东流水”的，水畔更不会有上巳节祓禊的活动。

扯了这么多，我们回过头来再说历水。为什么说历水是东流水呢？《水经注·济水》里写道：“（历）水上承东城历祠下泉，泉源竞发。其水北流，迳历城东。又北，引水为流杯池，州僚宾燕，公私多萃其上。分为二水：右水北出，左水西迳历城北。西北为陂，谓之历水，与泺水会。又北，历水枝津首受历水于历城东，东北迳东城西而北出郭。”历水在流杯池迤北，也就是现在曲水亭街一带分成了两支：一条流向西北，汇入大明湖的前身，那时候名为“历水陂”；一条流向东北，流经后来的北水门附近。也就是说，自流杯池开始，历水就往东流了。所以，古代的济南人总是在历水畔度过上巳节的，并在现在曲水亭一带修建流杯池。

这充分证明了济南“泉”“城”“人”之间的密切关系是多么源远流长。

房豹：住手！不许折我的树

北齐，历水畔的房家园。一位客人随手折了一根梧桐枝条，突然传来一声大喝：“住手！不许伤我的凤条。”“凤条”，即梧桐的枝条，《诗经》有云：“凤凰鸣矣，于彼高岗。梧桐生矣，于彼朝阳。”客人被吓得手一哆嗦，手中的枝条拿也不是，放也不是。从此，再也没有人敢攀折房家园里的一草一木了。

吼人的这位，名叫房豹。

房豹，字仲干，北齐时期齐州（治今济南）人。房豹原本是清河东武城（今武城）人，六世祖房谌时迁至齐，遂落籍为齐州东清河郡绎幕（今淄川）人，居于历城（今济南），视“清河”为其族望。房豹身体魁梧，容貌伟岸，声音洪亮，仪表堂堂。十七岁时，州官征辟他为主簿。西魏大统十三年（547），东魏侯景叛变，西魏荆州刺史、骠骑大将军王思政趁机占据战略要地颍川。东南道行台、东魏大将慕容绍宗出兵讨伐，房豹任慕容绍宗的开府主簿，兼行台郎中。

不知听谁说的，慕容绍宗总认为自己会有灾祸，而且与水有关。琢磨了很久，慕容绍宗想出来一个看似很好的馊主意：他在战舰中洗浴，并反复跳入水中，以期水神厌烦，而免除自己将要遇到的厄运。房豹无奈地对慕容绍宗说：“命在于天，难道是人所能决定的吗？您如果真的有水中的灾难，不是这样就能破解的。如果没有灾难，又何必再去折腾呢？现在统率三军的重任全在你的身上，唯有达观知命，顺乎情理，认真办理军务，争取克敌制胜，才是免灾的真正法宝。再者，要想躲避水里的危险，哪有比在岸上指挥更安全的？”慕容绍宗笑着说：“我不能脱免俗套啊，所以才这样做。”不久，慕容绍宗乘船巡视堰坝，窥探颍川城中动静。这时，东北方向突然狂风大作，吹断了座船的缆绳，并将慕容绍宗乘坐的座船吹到颍川城下。城中敌军忙用长钩钩住座船，同时乱箭齐发。情急之下，慕容绍宗跳水逃生，结果真就溺水而死，时年49岁。

齐武成帝河清年间（562—564），房豹被授为谒者仆射，任西河太守（治所在今山西汾阳）。西河与北周接壤，过去与稽胡混杂。房豹为政贵在清静无为，因而有显著的成绩和崇高的声誉。他调任博陵太守（治所在今河北安平），也有很高的声望。后又调至乐陵任太守，治理政事注重风化教育，被称为“善政”。乐陵濒临大海，水味大多咸苦。房豹下令开凿了一口井，便得到甘美的泉水，远近都认为这是他良好的政风化育所致。据说房豹罢职离开后，井水又变成咸的。

北齐灭亡，房豹回到家乡耕种田园，自食其力。北周曾多次征召，他都以有病为理由坚决推辞。地方长官初上任，一定派人向他致礼，那些下级官吏也纷纷送来名帖表达敬意。

房豹营建了一座房家园，作为自己养老的地方。唐代段成式《酉阳杂俎》载：“历城房家园，齐博陵君（房）豹之山池。其中杂树森竦，泉石崇邃，历中祓禊之胜也。”祓禊是一种古代习俗，即每年三月上巳日到水滨洗濯，以除凶去垢。

房家园风景殊绝，园中楼台亭阁，池沼碧波，树木葱茏。有一次，北齐齐州参军尹琳来房家园做客。席间，房豹问尹琳：“西晋石崇的金谷山泉（金谷园）和房家园相比情形如何？”尹琳回答：“我曾到洛阳西部游过金谷园，和房家园相仿，难分高下。”金谷园是西晋石崇的别墅，石崇以豪富闻名天下，房豹敢与其相较，可见这房家园的规模、景致以及所展示的造园艺术，都十分可观。

尹琳曾作诗夸赞房家园，其中一句是：“风沦历城水，月倚华山树。”“历城水”即指流经房家园的历水，“华山树”是指居园中可以远眺华不注山。诗句不仅对仗工整，而且用词精当，用“沦”字来写河水波纹，用“倚”字来写月亮之近、树木之盛；风与水、月与树相映成趣，构成一幅美丽的图画。时人推崇这两句诗，将其与南朝宋山水诗人谢灵运的“池塘生春草，园柳变鸣禽”

百花洲

相提并论。这首诗的风格为清代文人所喜爱。清代官员吴振棫曾写有《房家园》一诗："园池休问博陵君，一片青山带夕曛。月倚风沦谁解道，至今人忆尹参军。"王初桐甚至以为学诗榜样，他在《济南竹枝词·历城房家园》中说道："生来诗学尹参军，月倚风沦思不群。无奈房园春寂寂，断无人扫一池云。"近人宋恕《历下杂事诗》之八也提到了尹琳的这首诗："季伦金谷难踰此，昔日房园世共闻。十字清言谁继得，风流月倚尹参军。"

唐代段成式称"风沦历城水，月倚华山树"的诗句是尹琳所作，而后人则另有说辞，认为是房豹所写。清代王培荀在《乡园忆旧录》中写道："济南多诗人，近时炳著者不录，郝允秀纪昔之以诗见者……所咏甚多，特记十人。"这十人有东方朔、房豹、员半千、崔融、张养浩等历代名家。王培荀认为作者是房豹的一首诗是这样写的："太守园林旧有声，简编千载识幽情。如何月倚风沦句，误署红莲幕客名。""红莲幕"是南朝齐王俭的府第，俭于高帝时为卫将军，领朝政，用才名之士为幕僚，后世遂以"红莲幕"为幕府的美称。"红莲幕客"在这里指的就是军事幕僚尹琳。

齐州房氏是望族，族中最有名的人物当属唐代名相房玄龄。房豹是房玄龄的伯祖，房玄龄之父房彦谦幼年丧父，侍奉伯父房豹“竭尽心力，每四时珍果，口弗先尝”，甚得房豹欢心。参军尹琳，字孝逸，是一位博学儒者，房豹即请他做房彦谦的老师。房彦谦天性颖悟，博经史，擅文章，精书法，北齐时为齐州主簿，隋时任监察御史，居官勤勉廉正，有“天下第一能吏”之称。他曾对其子房玄龄说：“人皆因禄富，我独以官贫。所遗子孙，在于清白耳。”据说，房玄龄少年之时，也曾在房家园中读书。

最终，房豹如愿以偿地终老于房家园。他没有儿子，死后房家园由哥哥房熊的儿子房彦诩继承。房彦诩生于东魏兴和四年（542），为房熊之子，房彦谦之二兄，幼时出于叔父房豹，有仁爱恩惠的政风。房彦诩曾出仕北齐，任青州法曹参军、行益都县事，后任千乘县令。北齐亡后，受其嗣父房豹影响，房彦诩不再出仕，与房豹一同回归故里。

房家园不知何时毁弃，宋元时期就已经没有相关记载了。据明崇祯《历城县志》记载：“房家园池，城隅北，齐博陵君之山池也，今废。”清代诗人任弘远《明湖有感》一诗有“房家池涸生春草，北渚亭荒长菜花”之句，感叹明湖南北两处名胜的失存。

对于房家园的具体位置，清中后期人们多指清代大诗人王士禛的秋柳园为房家园旧地。王士禛24岁时曾写《秋柳》四首，一经传开，大江南北和者甚众，人们将王士禛的读书处称为“秋柳园”。清王贤仪在《家言随记》中称：“房家园池，志云在府城东北隅，当即渔阳山人（王士禛）秋柳园地。”

百花洲的历史景观

百花洲似乎是唐末宋初大明湖水泛滥的成果，它由济南老城内的舜井、珍珠泉、芙蓉泉、王府池子等泉水汇聚而成。对于百花洲水系的来源，清代王士禛记载：“故德藩宫泉北出，溢为洲。”董芸也曾言道：“回龙湾水北出百花桥、玉带河会芙蓉诸水自西南来注之，汇为百花洲。”由此可知，济南珍珠泉泉

百花洲航拍

群中的大部分泉水，都汇聚于百花洲，再经百花洲北边的鹊华桥流入大明湖。

对百花洲片区地理地貌的最早记录，是成稿于北魏的《水经注》。据《水经注》记载："水上承东城历祠下泉，泉源竞发。其水北流，迳历城东，又北，引水为流杯池，州僚宾燕，公私多萃其上。分为二水：右水北出，左水西迳历城北。西北为陂，谓之历水，与泺水会。又北，历水枝津首受历水于历城东，东北迳东城西而北出郭。"古代的济南，泉水资源丰富，在老城的中心位置有一条发源于城市的河流，名为"历水"。历水的源头是"历祠下泉"，也就是今天的舜井。舜井的水汇为小河北流，在后世的鹊华桥附近分成两支，一支西去，与泺水汇于历水陂；一支向东北去，于今天的北水门出城。在今天珍珠泉与百花洲之间的位置，在魏晋时期是流杯池，乃曲水流觞之场所，"州僚宾燕公私多萃其上"。

所谓"曲水流觞"，本是民间的一种传统习俗，后来发展成为文人墨客诗酒唱酬的一种雅事。在古代，农历三月的第一个巳日为上巳节，又称重三、春禊，是一个祓除祸灾、祈降吉福的节日。远在秦汉以前的周代，就已有水滨祓禊之俗。祓，是去除病气、不祥；禊，是净身。祓禊是通过洗濯身体，达到除去凶疾的一种仪式。《论语》中"浴乎沂，风乎舞雩，咏而归"即上巳风俗。

三月上巳在汉代正式成为节日，是日，官民都去水边洗濯、游玩，后来又进一步演变为临水宴饮。永和九年（353）三月初三上巳日，会稽内史王羲之偕亲朋谢安、孙绰等人在兰亭修禊后，曲水流觞活动遂被引为千古佳话。百花洲迤南，在古代正是每逢三月初三济南人盥洗祓晦、踏青除邪、临水宴饮的场所。

唐代，在《酉阳杂俎》中曾记载了这样一件事："历城北有使君林。魏正始中，郑公悫三伏之际，每率宾僚避暑于此。取大莲叶置砚格上，盛酒三升，以簪刺叶，令与柄通，屈茎上轮菌如象鼻，传吸之，名为碧筩杯。历下学之，言酒味杂莲气，香冷胜于水。"文中所言"历城北"是指"古历下城"的北面，其城墙大概北至今省政府一带。"使君林"的位置在今百花洲迤西。远处有古树参天的树林，近处有曲水潺潺，洲中有荷莲菱芡，百花洲是古代济南人最为惬意的流连之所。宋代之前的百花洲片区，基本就是这个样子。

宋代，因为大明湖水域的淤积，百花洲的水域面积达到了历史顶峰，今天百花洲东岸的大片地区在宋代都是湿地。"唐宋八大家"之一的曾巩曾于神宗熙宁四年（1071）六月出任齐州知州，熙宁六年（1073）二月又调任襄州，在济南任职的一年零八个月里，曾巩在水利疏浚、社会治安、市容美化等方面，倾洒了自己的心血。曾巩十分喜爱济南的山水，他曾经在百花洲内筑有百花台，并作有《百花台》一诗："烟波与客同樽酒，风月全家上采舟。莫问台前花远近，试看何似武陵游。"曾巩眼中的百花洲，芙蕖映绿、鲜花烂漫，如同桃花源一般。后世还根据曾巩的这一记载，意会建了一处百花台，遗址在近代仍可见："洲边有 上台高起，相传宋曾子固曾筑亭于其上，今虽废，而遗址犹存焉。"

宋代，除了百花台之外，附近还有一座芙蓉台，二者是否是同一个建筑已无从考究，但其位置都应在百花洲附近。曾巩有《芙蓉台》诗传世："芙蓉花开秋水冷，水面无风见花影。飘香上下两婵娟，云在巫山月在天。清澜素砾为庭户，羽盖霓裳不知数。台上游人下流水，柱脚亭亭插花里。阑边饮酒棹女歌，台北台南花正多。莫笑来时常著屐，绿柳墙连使君宅。"

从诗文中可知，芙蓉台与百花台一样，都是建在水中，台前、台后开满荷花，岸边杨柳依依，游人众多，这非常符合百花洲的景象。文末“莫笑来时常著屐，绿柳墙连使君宅”句的意思，是不要笑我来这里的时候常常穿着拖鞋，我家就在岸边不远。“使君”原本是指太守刺史，汉以后用作对州郡长官的尊称，“使君宅”在这里即指曾巩的住宅。据说，曾巩当年在济南住所是名士轩，其名取自唐代杜甫诗中“海右此亭古，济南名士多”句。清代王士禛在《香祖笔记》中写道：“济南藩司署后临明湖，西偏即《曾子固集》中所谓西湖也。曾守郡日，尝作名士轩。轩今入署中，明时尚有古竹数竿、芍药一丛，传是宋故物。”按，名士轩在今天珍珠泉大院内西北方的海棠院位置，今天的海棠院内还留存有一株海棠，据传为宋代曾巩亲手栽植。而名士轩距离百花洲仅二百余米，故“绿柳墙连使君宅”即指百花洲，芙蓉台也极可能是百花台。

1934年济南地图中的百花洲

宋代的百花洲，除了水中盛开的荷花，还有在岸边生长的其他野花。北宋时期的文人孔平仲在《百花桥》一诗中写道：“花满红桥外，寻芳未渡桥。春风相调引，已有异香飘。”每到春天，百花洲岸边各色鲜花盛开，暗香浮动；夏季，则有一池芙蓉争艳；秋日，绿柳成荫、鹊鹭沐霞；冬日，水面云蒸霞蔚、残荷横舟。可以说，北宋时期的百花洲是非常美丽的，其自然景观非后世可比拟。但可惜的是，随着金元乱世、朝代更迭，济南的园林遭到了彻底的毁坏。在曾巩兴建百花台之后，就再也没有官方整修百花洲的记载了。北宋之后，百花洲逐渐荒芜。

明代开始，济南府城的排洪系统基本成型，加之其重要水源之一的舜井断流，百花洲的水域面积逐渐缩小并基本定型。据明代万历年间的文人王象春记载，明代百花洲“方不过数亩”。此时，大明湖逐渐成为济南人的游览首选，而百花洲则因其雅致、僻静，获得了文人的青睐。嘉靖年间，“后七子”的领袖人物李攀龙辞去陕西按察司提学副使的职务，归乡隐居，在百花洲畔筑白雪楼。这一时期是李攀龙诗文创作的重要时期，所写诗文占《沧溟集》之大半，因而其诗文最初结集曾名为《白雪楼集》。

在李攀龙之后，万历年间的诗人王象春购下白雪楼旧址，筑问山亭于百花洲。据《续修历城县志》记载：“王季木居济南，筑问山亭于百花洲上，著《齐音》百首。”王象春在《问山亭》一诗中写道：“问山亭子拱如笠，屹立湖中阅古今。箕踞悲骚王季木，时敲石儿激清音。”此间，王象春著有《齐音》一百零七首，涉及名胜古迹、节令时俗、神话传说、历史人物等，对济南风景名胜题咏殆遍。

明代有不少对百花洲风景的记载，万历年间的济南诗人刘敕曾吟咏道：“一川清禁水，汇作百花洲。倒影摇青嶂，澄波映画楼。舟横竹港外，人坐钓矶头。高客尝来此，开樽对白鸥。”德王府禁宫内的珍珠泉、濯缨湖水汇为百花洲，岸边的柳树、楼台倒映在水中，水中鹭鸟相戏，文人雅士常聚集在此，以饮酒、观鸟为乐。

长期居住在百花洲的王象春则写有《百花池》一诗：“宫泉先注百花池，池畔弦歌漾酒旗。秋老内园红叶落，沟中日日有题词。”根据王象春的记载，“池畔弦歌漾酒旗”句说明百花洲畔出现了不少出售酒食的铺面，在百花洲畔饮酒作乐并非个例，这在明代文人士绅中非常普遍，百花洲畔已然在明代就出现了“酒吧街”。

王象春在这首诗下有注：“百花池，一名濯缨湖，在王宫北墙外百花桥下是也。方不过数亩，而居民庐舍团旋，视之，比湖更有韵致。”这时的百花洲沿岸，大半都已被民居所占，东西两岸基本是大片的民居。即便如此，王象春仍认为百花洲比大明湖更有韵致。

这时期，有一条称为“北溪”的小河汇入百花洲，成为百花洲的又一水源。明代诗人王象春在《齐音》中曾赋《北溪》诗曰：“一曲溪流一板桥，浣衣石面汲泉瓢。家家屋后停针女，树底横舟手自摇。”小溪、板桥、古树、小舟、浣衣女，构成了一幅既有自然趣味又充满了生活气息的奇妙画卷。

北溪的源头是北芙蓉泉，距离百花洲东岸一百余米，为湖畔湿地。这里莲荷摇曳、芦苇丛生。明代王象春曾写有“碧霞宫左北芙蓉，深苇荒庐闭乳钟”的诗句，清代诗人范埛亦有“秋水芙蓉一镜涵”的诗句传世。到20世纪60年代末，北芙蓉泉被遮盖。

除了自然景观，明代在百花洲东岸还出现了一座规模宏大的道教庙宇：泰山行宫，祭祀的是碧霞元君。百花洲畔的泰山行宫始建于明正德十一年（1516），为当时驻藩济南的德王祝祷之所。明嘉靖四十二年（1563）、清乾隆三十九年（1774）、清嘉庆十六年（1811）、清道光十五年（1835）都曾重修过。兴建泰山行宫时，曾对北溪的水向做了一次改动：将北芙蓉泉原本向西流出的泉水引向南，至庙门前绕了一个圈后向北复向西，再流入百花洲。

时至清代，百花洲仍具有优美的自然风光。乾隆皇帝曾写道：“珍珠漾为池，曲折成溪路。建闸缭垣隔，舍舟行数步。既而复登舟，果惬幽探趣。锦缆可无藉，云帆驶如骛。蜿蜒岸几转，芳洲乃微露。百花旧传名，春风几朝暮？是时值寒食，万卉霏香雾。诗情偶忆曾，画意谁传顾。因谋民生计，谓可滋秔稌。渊材传五恨，我乃生千慕。”清代皇帝驻跸在当时的山东巡抚衙门，也就是今天的珍珠泉大院。从珍珠泉乘舟北行，在北院墙处下船步行数步，再在北墙外乘船至百花洲。这一过程，乾隆皇帝认为十分有趣。时值清明，岸边已有野花开放，流水载着浮香，这种自然景观及感官体验，使乾隆皇帝的神思飘荡到宋朝，不自觉地联想到整治过百花洲的曾巩。

不仅是皇帝，文人士绅也非常喜欢在百花洲游览。清代张纶曾在诗中写道：“百花桥外百花洲，树影山光逐水流。小语夕阳人不见，芦阴半露钓鱼舟。”水光山色、树影摇动，夕阳西下中，唯见一叶小舟在芦苇丛中若隐若现。道光年间曾任济南知府的吴振棫有“水面群飞忽惊散，白鸥应怪长官来”的诗句，他去百花洲做什么呢？“小坐何妨藉石苔，闲游更促酒船开”——闲游、饮酒。道光时期的诗人王大堉在《苍茫独立轩诗集》中也提到了百花洲：“征衫乍脱好清游，携酒同来访白鸥。柔橹数声春水绿，错疑梦落百花洲。”乍暖还寒时分，王大堉携酒来游览百花洲，观看水中的白鹭，橹桨搅起的水声伴着春意，让人误以为在梦中。

饮酒、观水禽，从宋代到清代，百花洲畔孕育的这种文人趣味似是一脉相承的。恍惚间，都会萌生或是“桃源行”或是“梦中游”的奇妙感觉。清代诗人周乐在百花洲畔茶肆的墙壁上，曾经题写过这样一首诗：“百花洲畔路，相与纳凉来。山雨两三阵，湖莲一半开。鸭嬉新涨水，蝉噪夕阳槐。徙倚归何晚？闲看娃艇回。”当梦幻回到现实中，百花洲畔的秀美景致，带给人的是心情上的平复。

百花洲航拍图（摄于 1969 年）

值得注意的是，清代百花洲畔的市井气息愈加浓重，百花洲也逐渐成为湖田。清初著名诗人王士禛曾言道：“过百花洲，葭芦弥望，新荷田田被水。”他看到的百花洲，满眼都是芦苇和新荷。朱熹第七世孙朱崇道在《明湖竹枝词》中也写道：“西湖南是鹊华桥，半是菰蒲半柳条。”朱崇道见到的百花洲，水中种满了茭白和芦苇，岸边长满了柳树，满眼的绿色。嘉庆年间的济南诗人董芸则写道：“洲广十余亩，居人于中多种白莲，傍岸载杨柳，四面庐舍参差相望，不减图画。洲上旧有百花台，今废。”董芸对百花洲的景观印象，是白莲、杨柳、民居。清代的百花洲，四周都是民居房舍，岸边种满了柳树，水中栽种着白莲、蒲菜、茭白、芦苇等水生农作物。

除了房舍，百花洲畔还有街市铺面，吴振棫有“湖水平桥绿似苔，临湖小店几家开”的诗句。董芸也有“百花桥上百花洲，小市青帘柳外飘”的诗句，“小市”的幌子在柳树后随风摇荡。就在周乐题壁的茶肆中，诗人朱畹写下了这样的诗句：“市头酒楼静，港口钓舟横。”此时的百花洲一带，既有自然景观，又有人居风貌，洲中有农人收种，岸边有经商坐贾，文人之气渐消，市井之风愈重。但因为有百花洲自然气息的映衬，使这片市井之气亦能出尘脱俗，为文人雅士所喜。

对于这种人文印象，清人杨恩祺曾有“百花洲畔藕花香，燕语呢喃清昼长。好是浣纱人去后，溪头飞下锦鸳鸯”的诗句，文人方启英有“千顷芙蓉带雨开，百花洲畔好徘徊。无风忽动青荷叶，知是渔人荡桨来”的吟咏。康乾时期济南文人任弘远，则记录了百花洲中采莲的劳动场景：“采莲烟水里，缥缈画船移。风过芰荷香，日暮歌声起。”清人王德容记载了百花洲夏日的一场雨景：“风雨暮潇潇，临湖暑易消。山云互吞吐，荷芰自喧嚣。晚渡船归岸，新流涨没桥。相观清兴发，渔笛一声遥。”雨打荷叶、洪水没桥，满眼的自然景观中却有一声悠远的渔笛声响起。自然，还是市井？董芸在《济南杂咏》中写道：“扰扰红尘市上来，半城烟水隐楼台。晓风残月垂杨岸，无数白莲花乱开。”自然还是市井，已经分不清了，百花洲一带的市井风光在百花洲的映衬下已成为自然。

清代百花洲畔，还有一处非常著名的景观——鹊华桥。鹊华桥位于百花洲北侧，为一东西向单孔石拱桥，百花洲的水经过鹊华桥洞流入大明湖。鹊华桥最早出现于宋代，因百花洲而名为百花桥，元代改称鹊华桥。明代曾重建，清嘉庆二年（1797）、道光五年（1825）又两次重修。站在鹊华桥上，向南可以看到百花洲的全貌，向北可以看到大明湖，远眺据说可以望见鹊山和华山。加之元代赵孟𫖯有《鹊华秋色图》，此桥既可发思古之幽情，又可纵览秀美的自然景观。在清代，鹊华桥要比百花洲更负盛名。

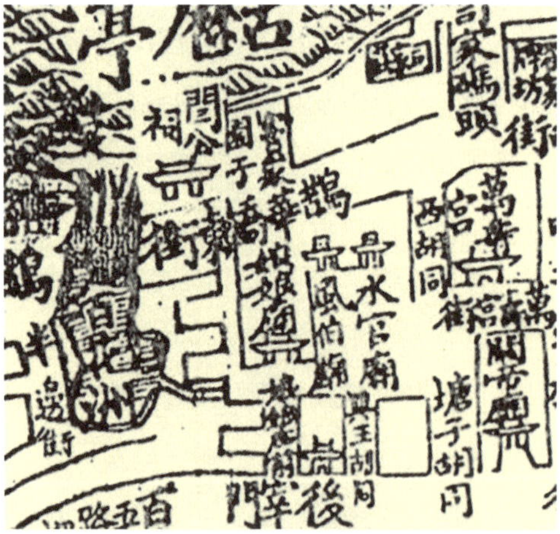
光绪年间地图中的百花洲

站在鹊华桥上看百花洲，是怎样一种体验呢？清代文人杨维询在诗中写道：“好系扁舟莲叶东，雨余残暑晚来空。柳桥游屐从容集，苇岸渔灯次第通。雁影依稀云汉际，蝉声断续月明中。凭栏惆怅情何限？画阁谁家玉笛风。”杨维询看到的是百花洲的晚景，莲香、柳桥、渔灯、蝉声，俨然一派江南景象。

站在鹊华桥上，看到的不只是百花洲，而且是整个济南府城的大景观。清代历城人朱照在《春日鹊华桥上》一诗中写道：“丝丝杨柳欲成花，春尽河桥风物嘉。四郭青山露云表，一湖暖水长芦芽。有时飞鸟间高下，底事游船起嚎哗。遥喜北楼宜远眺，凌空窗牖敞明霞。”他看到的，有水、有山、有城。任弘远在鹊华桥上看到的则是“舟系绿杨堤，鹊华桥上望。齐州九点烟，了了明湖上。”他甚至看到“齐烟九点”——济南北部的几座小山。

百花洲附近的老街巷

这种大景观在其他地方并非无法观看，而只有在百花洲畔、在鹊华桥边，这种大景观才不只是入眼，更能入心。许多人都喜欢在鹊华桥上看景，例如“后雪苑六子”之一宋荦曾写道：“鹊华桥上每停车，尤爱新晴返照馀。城里看山惟此地，真成手弄玉芙蕖。”他认为城内看山最佳的地方，就是百花洲畔的鹊华桥，还专程跑去看风景。

百花洲附近的老建筑

晚清以降，百花洲一带的自然景观和人文气息逐渐衰退，水域面积缩减，鹊华桥下也已无法通航，游人逐渐减少，岸边只有破败的民居和新建设的工厂，但对文人来说，仍是一处风景优美的雅致去处。辛亥元老刘大同曾写道："在至洲中，异禽飞鸣，鱼虾跳跃。妇女儿童若者举网，若者垂钓，若者栽藕，若者移蒲，若者操弹弓而来，若者捕水鸟而去。洲中行人不时有焉，晨起则遇汲水之孩童，夕出则见浣纱之少女。布谷之声、纺绩之音不时闻焉。他若山光云影飞来天外，晓风残月荡漾湖心，泉流严冬不冻，荇藻寒雪不凋，其景物之特殊，气象万千，尤足动人之诗情画意焉，殆所谓城市中会有山林风味未有过于此洲者也。"刘大同早年在济南的尚志堂读书，遍游历下，他认为大明湖中风景第一处是历下亭，大明湖之外的名胜莫过于百花洲了。

国民党统治末期，城内排水系统老化，加之常年刻意种植芦苇等浅水植物，百花洲内淤积严重，水位愈来愈浅。1948年济南刚刚解放时，百花洲内的荷花、蒲菰早已消失，只有稀稀拉拉芦苇还在生长，水藻、浮萍滋生，水质浑浊不堪，百花洲沦为破败的死水滩。

新中国成立后，在20世纪50年代、80年代，百花洲都曾进行过清淤和治理，疏通了河道，砌筑了石质堤岸。2008年，相关部门又对百花洲进行了一次清淤，对沿岸开始了改建工程，百花洲片区自此开始了它的新生。

百花洲挖泥抽水后景象（摄于1958年6月）

对于百花洲，这里的老住户、明代文人王象春曾说过："惜其地俱属藩府，水渠不通舟船。余谓：此湖时未至耳，终必有其际遇。余不及见矣。"王象春生活的年代，百花洲水域为德王府所有，大家只能站在岸边看，而无法乘船在水中游览。清代，百花洲内虽然能通舟船，但俱是湖田私产，种植的水生植物杂乱，已无宋时的那种系统性的园林建设，仍是"时未至耳"。直到今天，"终必有其际遇"，经过保护性开发，百花洲及百花洲一带的风貌又得以重生，重现了唐宋风采。王象春"不及见"的，我们有幸看到了。

第二章

莫问台前花远近

百花洲是宋代济南父母官曾巩疏浚大明湖水所形成的。似乎，「百花洲」也是曾巩给起的名字。他说，百花洲如桃花源一般。于是，许多文人住进了这处「桃花源」。

曾巩说，这里就是桃花源

曾巩在百花洲一带修筑了百花台、芙蓉台、鹊华桥、芙蓉桥、百花堤，造就了优美的园林景观。对于百花洲，曾巩曾经说道："莫问台前花远近，试看何以武陵游。""武陵"是桃花源的所在地，在百花洲待着，就仿佛入了桃花源。

曾巩（1019—1083），字子固，建昌军南丰（今江西省南丰县）人，世称南丰先生；北宋诗文革新运动的积极参加者，"唐宋八大家"之一。

宋仁宗嘉祐二年（1057），曾巩登进士第，授太平州司法参军。翌年，奉召回京，编校史馆书籍。后迁馆阁校勘、集贤校理，又为英宗实录院检讨官。熙宁二年（1069）后自求外任，先后出任越州通判，调知齐州、襄州、洪州、福州，又徙知明州、亳州、沧州。他为官一方，勤于政事，兴利除害，守正

百花洲

不阿，亲民爱民，颇有政绩。元丰三年（1080），回京师，供事于三班院。翌年，因精于史学而任史馆修撰。元丰五年（1082），拜中书舍人。次年，卒于江宁府（今江苏省南京市一带）。理宗时追谥文定。曾巩在文学上成就极大，诗文俱佳。他师事欧阳修，并深得其赏识；精通经史，学养深厚。王安石对其有“曾子文章世稀有，水之江汉星之斗”的赞誉。

宋神宗熙宁四年（1071）六月至熙宁六年（1073）六月，曾巩曾任知齐州（今济南）军州事。在济南居官期间，他“无忘夙夜，勉尽疲驽”，推行王安石的保甲法，惩治恶霸，抑制豪强，减轻百姓的徭役负担，使齐州出现了“市粟易求仓廪实，邑犹无警里闾安”的和谐景象。他还十分重视发展齐州当地的教育，并下令齐州各学校皆授《尚书》，重新振兴了齐州地区的《尚书》之学，推动了齐州当地的文化教育事业发展。他还主持修筑堤堰，疏浚水道，开挖新渠，修建了由长清去博州（今聊城）直达魏州（今河北一带）的官道，方便了行人的住宿和交通。

百花洲的东北，曾有一条名为百花堤的湖堤，是曾巩治理大明湖的一大措施。百花堤位于大明湖东部，从灰山向北一直延伸到北岸汇波桥下，横亘南北，将大明湖分为西湖与东湖。曾巩利用疏浚湖水时挖掘出的泥沙，在水位较低的位置，沿湖由南至北修筑了一条贯通两岸的长堤，将湖水隔为东、西两部分。堤岸的最大作用，是为了能快速从湖的南岸到达北门，以便实现抗洪之需。曾巩还在堤间修建了几座桥梁，以及亭、台等建筑，并沿堤栽种树木。每到春日，湖堤两岸的湿地上野花遍地，故名“百花堤”。春秋佳日，这里士女云集，画舫往来，碧波荡漾，成为当时济南的一大游览胜地。

百花堤建成后，曾巩曾沿堤岸一路来到湖北岸的北渚亭，并写下了长诗《百花堤》，来表述他对新建成的百花堤的欢愉心境，诗中咏道：“如玉水中沙，谁为北湖路？久翳荒草根，未承青霞步。我为发其枉，修营极幽趣。发直而砥平，骅骝可驰骛。周以百花林，繁香泫清露。间以绿杨阴，芳风转朝莫。飞梁凭太虚，峣榭蹑烟雾。直通高城巅，海岱归指顾。为州乏长材，幸岁足粳稌。与众饱而嬉，陶然无外慕。”从这首长诗里可以看出，先前的百花堤一带是被荒草淹没的水地，经过曾巩的整治，大堤已变成可驰骏马的笔直平坦大道，大堤两边花木繁盛，清露芳风，令人心旷神怡。曾巩修建百花堤的事儿，堪称是大明湖史上一段珍闻佳话，为历代文人骚客驻足吟咏。清乾隆皇帝来济南时，曾作有《鹊华桥》诗："长堤数里亘双湖，夹镜波光入画图。望见鹊华山色好，石桥名亦与凡殊。"诗中的数里"长堤"指的便是曾堤。

百花堤历经沧桑，亭榭无踪，随着这一带湖面水域的缩减，长堤成为陆地，周围渐渐为民居所占。至明代时，百花堤已成了湖中的一条街，明崇祯时的《历城县志》已有汇波寺及汇波街的记载。汇波寺，亦写作"会波寺"，因寺内有阁，故俗称汇波寺阁子，始建于明代。汇波寺阁子建筑规模颇为宏伟，其上半部为三官殿，下半部为一跨街券门。传说汇波寺阁子上殿顶与济南南门——历山门的地面一般高。每到雨季时，历山门一带积水没膝，面阁子底下的积水从未深过阁洞之半，故而人们都说这里有"通海地漏"，无论下多大的雨都不会淹没。其实，此街不存水的真正原因是这条街建在了百花堤旧址上。2008年大明湖扩建时，开挖水域，又恢复了百花堤的历史风貌。

大明湖的出水口即今北水门也是曾巩修建的。

北水门的修建不仅解决了济南的一时之急，而且造福久远。清道光六年（1826），山东布政司刘斯湄在其撰写的《曾巩祠碑记》中这样写道："至今民赖以安，永除水患。"

曾巩还在城内修桥铺路，在趵突泉畔建了泺源堂、历山堂。他在其所作《齐州二堂记》一文中对历山、泺水进行了周详的考证，确认济南之历山即舜耕之历山，这对济南历史文化地位的影响极其巨大。在该文中，曾巩还指出："泉自渴马之崖，潜流地中，而至此复出也……齐多甘泉，冠于天下，其显名者以十数，而色味皆同。以予验之，盖皆泺水之旁出者也。"他的这一论断否定了此前流行的"济南诸泉为伏流于地下的济水所发而成"的说法，并第一次将"趵突泉"之称用文字记载下来。

在任期间，曾巩还为济南的泉湖胜景增建或整修了许多的亭台桥榭，除了前面提到的北水门、趵突泉畔的历山和泺源二堂外，还有百花洲一带的百花

百花洲

台、芙蓉台和北渚、环波、水香等亭，以及芙蓉、水西、湖西、北池、百花等七桥。

曾巩曾在全国许多地方为官，但他对济南的大明湖和泉水却情有独钟，其文集中有关济南的诗文作品数量也最多。据统计，其《元丰类稿》一书中所收录的作于齐州知州任上的文有10余篇，诗达70余首，占其全部诗作数量的1/6多，其中题咏济南湖、泉胜景的有数十首。前人曾有论曰：（曾巩之诗）“多齐州所作，有欣然安之之意。徙为他州，不多作，虽作，不乐之。”

曾巩平素最喜欢从百花洲西南的知州宅一带溜达，或途经百花洲，乘舟徜徉在大明湖上。他在《齐州杂诗序》中也说：“州以无事，故得与其士大夫及四方之宾客，以其暇日，时游后园。或长轩峣榭，登览之观，属思千里；或芙蕖芰荷，湖波渺然，纵舟上下。虽病不饮酒，而闲为小诗，以娱情写物，亦拙者之适也。”

在曾巩题咏济南风物的诗文作品中，所占比重最大的是描写题咏西湖（即今大明湖）景物的作品。清人王士禛在《带经堂诗话》卷十四中曾言：“曾子固曾判吾州，爱其山水，赋咏最多，鲍山、鹊山、华不注山皆有诗，而于西湖尤焉。”

宋神宗熙宁六年（1073）六月，曾巩调任襄州知州。在他即将离开济南时，济南城的百姓拥上街头，拉起吊桥，关闭城门，以挽留他们的父母官，使得曾巩不得不在夜间悄悄出城。

在赴襄途中，曾巩写了一组诗，即《离齐州后五首》，表达了对济南湖泉胜景依依难舍、留恋眷顾之情。即使在离开济南很久以后，曾巩对济南、对百花洲一带的七桥风月仍魂牵梦萦、念念不忘。

鹊华桥上的风与月

北宋时期，百花洲及大明湖一带环绕有七座桥梁，其名为鹊华、百花、芙蓉、水西、湖西、北池、泺源。七桥风格各异，成为济南一大胜景，称“七桥风月”。如今，城内可观风月的七座桥中，只剩下鹊华桥可以找到些许遗迹。

鹊华桥最初名为百花桥，原位于百花洲的北岸，大明湖南门牌坊以南，横架在百花洲和大明湖之间，是济南市区里最著名的古桥梁之一。宋神宗熙宁五年（1072），唐宋八大家之一的曾巩出任齐州（济南）知州。他在济南修北水门、筑百花堤，分“陂水”为东、西两湖，故始有“西望湖”之名，当时常简作“西湖”，宋诗文中常见此说。曾巩曾作《西湖纳凉》一诗，诗曰：“问吾何处避炎蒸，十顷西湖照眼明。鱼戏一篙新浪满，鸟啼千步绿阴成。虹腰隐隐松桥出，鹢

鹊华桥（摄于 1930 年）

首峨峨画舫行。最喜晚凉风月好，紫荷香里听泉声。”彼时，大明湖一带的水面辽阔，南有百花洲，北边有莲子湖，可乘船一直到鹊山、华山，是乘凉避暑的好去处。曾巩在济南不到两年的时间里，整治西湖，并在水边陆续建起了七座桥梁，它们不仅方便了湖周的交通，桥下的淙淙溪流恰似玉带串联着湖水和泉水，构成了湖泉交融的七桥风月。曾巩本人对七桥风月胜景更是念念不忘，他在《离齐州后》诗中表达了对大明湖及七桥风月那种难以割舍的眷恋心境：“将家须向习池游，难放西湖十顷秋。从此七桥风与月，梦魂常到木兰舟。”七桥风月是宋代以来大明湖、百花洲一带的一大胜景，历代文人学士亦将它作为描绘、吟咏的题材。

元代于钦在其所著《齐乘》中记载了这七座桥：“环湖有七桥，曰芙蓉，曰水西，曰湖西，曰北池之类是也……今皆废矣。惟百花桥与泺源石桥仅存”文中的百花桥就是后来的鹊华桥。早在元代，除鹊华桥外，宋代明湖七桥的确切位置均已无从考证。鹊华桥为单孔拱形，石质，高数丈，桥下可乘画舫由百花洲驶进大明湖。桥周景色秀丽，清代诗人董芸曾写《鹊华桥》诗赞美：“晓风残月垂杨岸，无数白莲花乱开。”登桥远眺，但见北面的鹊、华二山如一对绿裳仙女遥遥对舞，田野阡陌交错，村郭炊烟缭绕，古人称此景观为“鹊华烟雨”，列为“历下八景”之一。

鹊、华两山，在济南城北，山势俊秀，景色迷人。明崇祯《历城县志》卷二《封域志·山川》“鹊山”条下云：“历下客山胜，而北方之镇，鹊华并峙，每当阴云之际，两山连亘，烟雾环萦，若有若无，若离若合，凭高远望，可入画图，虽单椒浮黛，削壁涵青，各著灵异，乃昔人合标其胜曰‘鹊华烟雨’。”鹊山无主峰，林木青翠，横列如屏，山上旧有鹊山院、鹊山亭、扁鹊墓等古迹。相传，山下有钟鼓二石，以石相击，声扬数里。每年七、八月间，乌鹊云集。明朝人王象春曾写《鹊山》诗记述：“万岫千岩济水蟠，如屏孤逗出河干，秋高乌鹊集何事，霄汉空疑斗女寒。”

与鹊山隔黄河相望是华山。北魏地理学家郦道元在《水经注》中最早描绘道：“单椒秀泽，不连丘陵以自高；虎牙桀立，孤障特拔以刺天。青岸翠发，望同点黛。”唐朝诗人李白也有“兹山何峻秀，绿翠如芙蓉”的赞语。山上建有华阳宫、三元宫、泰山行宫等庙观，院内古柏苍翠，蔚为壮观。鹊山华山之间，原为鹊山湖，湖光浩渺，碧波万顷，“飞鸿翔鹤，远势盘空”。水村渔舍柳绿花红，渚生蒲苇，水浮荷菱，微风轻浪，舟载歌声。阴云之际，两山连亘，若离若合，时隐时现，云雾缭绕，如二点青烟，诚为一幅绝妙的水乡图画。难怪以“鹊华”二字称名此桥，且有了“鹊华烟雨”这一景色了。

因这，百花桥在元代被改称为“鹊华桥”，而将百花洲南岸的一座小桥易名为“百花桥”。

就在鹊华桥改名前后，元代书画大家赵孟頫来到济南府当起了父母官。赵孟頫（1254—1322），字子昂，号松雪道人，吴兴（今浙江湖州）人。宋太祖赵匡胤十一世孙、秦王赵德芳嫡派子孙，南宋末至元初著名书法家、画家、诗人。

至元二十三年（1286），行台侍御史程钜夫奉诏到江南搜访遗逸，赵孟頫名列首选，应召北上。由于他文才相貌出众，入朝后甚受元世祖忽必烈赏识和青睐。元世祖本打算委之以重任，但是有朝臣认为赵孟頫是故宋宗室子弟，不宜重用，故仅授其兵部郎中一职。其后，赵孟頫历任集贤直学士、济南路总管府事、江浙等处儒学提举、翰林侍读学士等职，累官至翰林学士承旨、荣禄大夫。晚年借病乞归，至治二年（1322）去世，卒后赠江浙中书省平章政事、魏国公，谥文敏。

赵孟頫博学多才，能诗善文，懂经济，工书法，精绘艺，擅金石，通律吕，解鉴赏，尤其以书法和绘画成就最高。在绘画上，他开创元代新画风，被称为“元人冠冕”。他亦善篆、隶、真、行、草书，尤以楷、行书著称于世。其书风遒媚秀逸，结体严整，笔法圆熟，与欧阳询、颜真卿、柳公权并称“楷书四大家”。

元朝至元二十九年（1292），三十九岁的赵孟頫被朝廷任命为同知济南路总管府事。他携家眷从大都（今北京）南下，途经济南，暂返故乡吴兴。当年八月，赵孟頫北上抵济，直到成宗元贞元年（1295）春夏间才奉调离济返京。

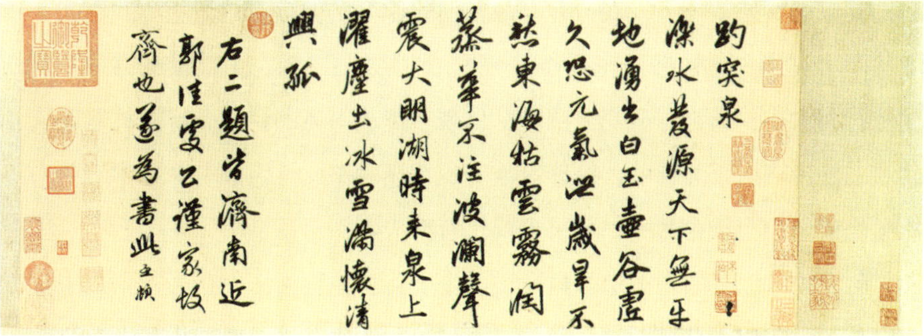

赵孟頫《趵突泉》诗帖

赵孟頫任同知济南路总管府事时，济南路所辖的地区内已经三十多年无战事，社会经济迅速发展，呈现出一派“户版自多无讼狱，儒冠相应有宾游。秋风鱼酒黄粱市，夜月笙歌画舫舟”的繁荣景象。因此，在经过初到任后的一番忙碌、政务逐渐步入正轨之后，赵孟頫开始诗酒流连于济南的湖泉山色之中。

彼时，赵孟頫站在百花洲头的鹊华桥上向北远眺，田野平畴，房屋茅舍，皆朦胧隐现于烟雨之中。极目远眺，含黛呈秀的鹊、华二山尽收眼底。赵孟頫辞官回乡后，与祖籍齐州的周密谈起了济南的山川景物。为解周密的思乡之情，赵孟頫凭记忆绘制了一幅《鹊华秋色》图。《鹊华秋色》图描绘了大明湖至鹊、华二山之间的秋日景色，成为传世名作。作为济南弥足珍贵的文化名片，《鹊华秋色》图更是被世人称为“思乡之画”。

在赵孟頫的眼中，济南是个充满诗情画意的城市。不只是画，他在济南期间所作的诗文有数十首，其中有数首咏及大明湖、趵突泉等处的湖光泉色，最为出名、最为人们所熟知的一首是七律《趵突泉》：

泺水发源天下无，平地涌出白玉壶。
谷虚久恐元气泄，岁旱不愁东海枯。
云雾润蒸华不注，波澜声震大明湖。
时来泉上濯尘土，冰雪满怀清兴孤。

他的这首《趵突泉》诗，历代和者众多——元代的诗僧来复、弘道，明代的王守仁、陈镐、陈凤梧、熊相，清代的怀晋、王苹、马国翰……却都不曾道尽趵突泉的妙处。今天，在台北“故宫博物院”仍保存有赵孟頫《趵突泉》诗卷的手书真迹。这幅书法作品长33.1厘米，宽83.3厘米，为存世赵书中罕见的墨迹行书大字，满纸尽显润秀圆转，体现了赵氏书风的特色。诗左有题跋云：“右二题皆济南近郭佳处。公瑾家故齐也，遂为书此。孟頫。”跋中有“右二题”之语，今则仅存其一，可见卷前已有佚失。

赵孟頫对济南湖光山景的喜爱远不止于此。他曾为那位在《齐乘》中记载“七桥风月”的于钦题写过一首诗，诗题为《送山东廉访照磨于思容》。赵孟頫在诗中这样深情地写道：“林梢春动紫烟生，策马东风十日程。若到济南行乐处，城西泉上最关情。”

赵孟頫之后，鹊华桥一地成了眺望“鹊华秋色”景观的不二之选。清人王德容站在鹊华桥北望后，曾写下过这样一段话：“余非清闲人，颇得山水趣。不能常在山，却喜山中住。昔曾登岱巅，上下皆徒步。非惜舁者劳，所图目可寓。近买茅舍缘湖湾，鹊华桥上时看山。千佛罗列堪指数，北望女墙露烟鬟。此山可望不可上，尝同好友驱车往。嵚奇石色黑更枯，兼无磴路难扶杖。迹遗丹灶与华泉，逸人词客亦流连。近狎不如远望好，神游如到山之表。行乐皆宜作是观，何须远游思三岛。”他在鹊华桥上看到了鹊山与华山的秀美景色，心心念念之下，与好友跑到城外的鹊山与华山游玩。再次回到鹊华桥，他得出了“行乐皆宜作是观，何须远游思三岛”的结论。近游不如远观，如是也。

因为承载了如此看似无用却又极重要的功能，历朝历代都曾对鹊华桥加以修葺，使之得以延续。清嘉庆二年（1797），盐商捐资重修鹊华桥，这是最后一次大修。民国时期，因人力车通行不便，将其拆除，改为木质平桥。20世纪50年代修建大明湖路时，又改木质平桥为钢筋混凝土结构的平板桥。桥长3米，宽6米。

如今，鹊华桥已经完全看不到踪迹。但，如此传奇的一座桥怎么会甘心消失呢——它被掩埋在明湖路的沥青路面下，静静等待着重现于世。

百花洲畔复建的白雪楼

李攀龙的三座白雪楼

历史上，济南有三座白雪楼，百花洲畔就曾有一座。

在明朝，济南府长清县有一个小人物，名叫李祯，因生活所迫迁居历城县龙山镇（今章丘区龙山街道）。李祯去世后，他的儿子李端又迁居济南府城西门外。李端喜欢赌博，依靠赌博在商业繁荣的西关赚得了一份家业。李端去世后，他的儿子李宝将家产挥霍一空，年仅36岁就因酗酒无度而病死了。李宝去世时，留有一个9岁的儿子，名叫李攀龙。这样一个数辈都是盲流，祖父是赌棍、父亲是酒鬼，家无余赀，依靠寡妇纺织度日的家庭，会把这个九岁小儿培育成什么样子呢？

李攀龙并没走祖辈不学无术的老路，而是念起了四书五经，如“鲤鱼”一般游向了“龙门”。18岁，李攀龙入县学为生员，廪于郡庠。嘉靖十九年

（1540），27岁的李攀龙一举考取乡试第二名。4年后，他又考中进士，赐同进士出身，历任顺天乡试同考官、刑部广东司主事、刑部员外郎、刑部山西司郎中、顺德知府、陕西按察司提学副使、河南按察使。更值得称道的是，李攀龙与王世贞、谢榛等人倡导文学复古运动，在文学史上被称为“后七子”，李攀龙则是“后七子”的领袖人物，时称“宗工巨匠”。他那早已死去的父亲李宝，也因李攀龙的缘故，被追封为中宪大夫。从一个破落小户的儿子到正三品高官，李攀龙这一路走得非常轻松，仿佛这种能力和才气是与生俱来的。

嘉靖三十五年（1556）夏，得上官推荐，李攀龙被提升为陕西提学副使。当时的陕西巡抚是山东东阿人殷学，挟势倨傲；而李攀龙的性格又恃才自傲，两人间的矛盾必不可免。一次，殷巡抚听闻李攀龙的文名，便“下檄于鳞，代撰奠章及送行序”——“檄”是中国古代官府下行文书的一种。对于这种命令

百花洲附近的民居

式的写作要求，李攀龙认为是对文人的侮辱：“文可‘檄’致邪？”因而拒不从命。李攀龙告诉殷学：文章可以写，“似不必‘檄’也”，命令我写是绝对不行的。殷学便以官阶要挟他：我是一省首宪，你就得听我的。李攀龙说，“彼岂以我重乞官耶”，不稀罕当官，遂辞官返乡。

李攀龙的这次辞官，与殷学之间的矛盾只是一个方面，另一方面则是李攀龙身体的原因。李攀龙上任的前几个月，陕西南部秦岭以北的渭河流域发生了一次特大地震，祸延97个县，“官吏、军民压死八十三万有奇”。这次地震的余震在震后半年间每月都有三至五次。李攀龙心脏有疾，受不了惊吓，遂以养病为由辞官返乡。

李攀龙由陕归乡后，在历城王舍人庄之东的鲍山下筑楼隐居，安心养病，并把楼取名为“白雪楼”，有不入流俗之意。对于这座白雪楼，李攀龙在《酬李东昌写寄〈白雪楼图〉并序》中记述道：“楼在济南郡东三十里许鲍城，前望太麓，西北眺华不注诸山；大小清河交络具下。左瞰长白、平陵之野，海气所际。每一登临郁为胜观。”济南明代“历下十六景”之一的“鲍山白雪”，指的就是这座白雪楼。乡居期间，李攀龙与故交友人在白雪楼切磋诗学、晨夕唱和，慕名来访者也络绎不绝，“海内学士大夫，无不知有沧溟先生。”据说，对于来访者，如是官宦要先看是否志同道合，如是文人则先看他们的诗文作品，然后再决定是否接待。

李攀龙身体渐好后，又在百花洲畔建楼居住，潜心著书，楼名也是“白雪楼”。这座白雪楼建在白花洲中的一座小岛上，没有桥梁，只备小舟往来渡客。所以，李攀龙的朋友许邦才在诗中称它为“湖中楼”。在百花洲畔的这座白雪楼中，李攀龙仍标榜文人清骨，对来访者一律严格筛选。王士禛在《带经堂诗话》中记载道：若有俗客来，李攀龙高卧楼上不出，不放舟引渡；若有文士到来，则“先请投其所作诗文，许可，方以小蚱蜢渡之，否者遥语曰：‘亟归读书，不烦枉驾也’。”

因李攀龙在文学复古运动中的领袖地位，白雪楼中常常高朋满座，刘天民、边习、谷继宗、许邦才、殷士儋、袭勖、华鳌等历下诗人常雅集于此，诗酒酬答。陪伴李攀龙在此居住的是其侍妾蔡姬。据传蔡姬善烹调，她做的葱味包子，葱香浓郁而馅中无葱，在李攀龙的朋友圈中大受欢迎，时人以去白雪楼吃葱香包子为美。

李攀龙居住于湖光山色之间，对这座白雪楼十分喜爱，他在《白雪楼》一诗中这样写道："伏枕空林积雨开，旋因起色一登台。大清河抱孤城转，长白山邀返照回。无那嵇生成懒慢，可识陶令赋归来。何人定解浮云意，片影漂摇落酒杯。"白雪楼给了李攀龙一片心灵净土，使他得以潜心创作。在百花洲畔居住的这段日子，是李攀龙诗文创作的重要时期。这一时期所写的诗文，占了《沧溟集》中的一多半，他的诗文结集最初就曾名为《白雪楼集》。

李攀龙在济南养病闲居十年，隆庆元年（1567）起复，出任浙江按察司副使。隆庆三年（1569），擢河南按察使。四个月后，李攀龙的老母病故，李攀龙回到济南为母亲料理后事。一路劳顿加上持丧哀痛过甚，李攀龙的心脏病日益加重，遂卧病不起。隆庆四年（1570）八月十九日，李攀龙心脏病复发，猝死于济南西关柴市祖宅，葬于药山与北马鞍山之间。

李攀龙的死，给后人留下的只有精神财富，他的家中依旧贫穷，以至于墓地只是一个简单的土堆。李攀龙去世不久，他儿子李驹和孙子也相继得病亡故，李攀龙的后代仅存一位刚不含乳的重孙，以及他的遗孀、儿媳，借居在陋巷之中，缺吃少喝。而前文提到的那位善做葱香包子的蔡氏，70余岁时仍在卖胡饼自给，其情境之惨然，令人唏嘘。

趵突泉畔复建的白雪楼

明万历三十二年（1604），"晚明四大家"之一的邢侗给山东巡抚孙文融写了一篇

《上抚台孙文融》，请求山东巡抚资助李攀龙的家人："略损公帑，为买数椽之敝屋，小复白雪之旧居。月或给米一石，岁布若干疋，藉以长养壮发，绵延后昆，一线犹龙之绪，实被如天之福，斯文一脉，其畴逆心。"邢侗的建议得到了孙文融的支持，令历城县令陈采居购买良田、修葺房屋，以供李攀龙后人居住和生活。"为购仙台百亩之产宅，亦称是计费一百八十千；又为葺其穷巷故敝宅，乃茅乃塓，不惮指麾，计费三十有四千"，遂使李攀龙后人"八口无饥之业，三寡妇亦遂有家"。

李攀龙去世四十余年后，百花洲畔的那座白雪楼已经凋敝不堪："于鳞先生城中书楼亦名白雪，在碧霞宫西，百花洲上。蓑然一茅，颓敝不堪，晴则见星，雨则仰漏，五易主而不售矣。"诗人王象春花高价购买了这座白雪楼，虽建宅居住，但"仍其匾额不忍易"。

无独有偶，通过白雪楼眷念李攀龙的不止王象春一人。明万历年间，山东右布政叶梦熊，出资在趵突泉附近修建了第三座白雪楼。李攀龙九世孙李献方

复建的北溪

在《重修白雪楼记》中说："白雪楼初建于城东王舍庄，再建于湖上碧霞宫侧，后俱倾圮。明万历间臬台叶公梦熊补建于趵突泉上。"明清之际，趵突泉附近的这座白雪楼坍塌。清顺治十一年（1654），时任山东布政使的张缙彦又在此重建。在明清文人的眼中，白雪楼俨然成为一座纪念碑式的建筑，它传承了历下文人的风范。

撇开白雪楼，我们回到济南西关外柴市的李攀龙旧宅。正德九年（1514）四月十八日，李攀龙在这里出生。58年后，李攀龙又在这里死去。李攀龙出生时，他的家庭贫困；李攀龙死后，他的身后仍是一片寥落。这位在明代文坛高山一般的人物，并没有给家人留下什么财产，却毫不吝啬地给济南人留下了1400余首诗歌，及三座白雪楼——历下文学的丰碑。

百花洲的老街坊

一曲溪流一板桥，浣衣石面汲泉瓢。
家家屋后停针女，树底横舟手自摇。

这是明代文学家王象春所写的一首《北溪》诗，描绘了百花洲东岸一条小溪的沿岸风光。

王象春是百花洲的老街坊，他曾在百花洲筑问山亭，徜徉于济南湖光山色之中，以山水自娱。期间写出了《齐音》，咏济南的山水泉湖、名胜古迹、节令风俗、神话传说、历史人物等题咏殆遍，成为济南的一部史志诗。明代东林领袖钱谦益曾说他："以诗自负，才气奔轶，时有齐气，抑扬坠抗，未中声律"。竟陵派代表人物钟惺也称赞他"奇情孤诣，绝才异骨"。

王象春（1578—1632），字季木，山东新城（今桓台，明、清时属济南府）人，王渔洋的第十七叔祖。因为他的原籍新城（今桓台县）在明、清两代是济南的属县，据此他称自己是济南人。王象春在《齐音·引》中说："余邑邑济，故居济非客济也。"不仅如此，王象春还在他罢官返乡之后，于次年变卖了家产离乡出走，几经辗转乃定居济上，购买下李攀龙的旧居白雪楼，重新修葺以为宅舍。又修筑了一座问山亭，开始了他的写作生活。他是万历年间活跃于济南诗坛的著名诗人，竟陵派代表人物钟惺，以及钱谦益、文翔凤等人都是他的诗友，

新城王氏是仕宦望族和文化世家，积淀了深厚的家学渊源。王象春的曾祖王麟，赠官光禄大夫、兵部尚书。祖父王重光，官太仆少卿，户部员外郎。父王之猷，历任淮扬兵备道、浙江按察使。王象春之兄王象晋，即清代著名诗人王士禛之祖，官至浙江布政使。全家五世皆为进士出身。他的家庭虽正在鼎盛时，可明朝的统治已是最腐朽阶段。神宗昏聩贪利，居然20余年不见臣僚；任用太监，专务搜刮，内外交困，百政废弛。朝廷上的官僚兴起党争，各种矛盾都在发展，已濒于崩溃的边缘。王士禛在《池北偶谈》中曾这样写他的叔祖："常引镜自照曰：'此人不为名士，必当做贼!'"

万历三十八年（1610），王象春到北京应进士科考试，因文章优异，已初

复建的问山亭

步拟为会元（第一名），因有人做了手脚，被抑置第二。殿试时，因对策直言当前弊政，又被压到榜尾倒数第三。发榜后，事实传出，许多人都为王氏鸣不平。在王氏本人，失去鼎甲和玉堂翰苑，当然更为愤懑。当科场舞弊事被揭发，中了会元、状元的竟是从落卷中检出来的，朝廷上群情轰动，东林党人主张追究严办，而以汤宾尹为首的浙党则百般袒护回避。在激烈的党争中，王象春也卷入这次政争漩涡，成为打击目标。

万历四十年（1612），顺天乡试（考举人），王象春受任同考官。一波未平，一波又起。这一科又一个浙党的同考官被揭发舞弊，而且核查属实。他们遂群起诬陷王象春，并把矛头指向主考以作报复。这次几兴大狱，经东厂、刑部追查审理，历时两年，方弄清所诬都非事实。可王氏已饱受精神折磨与迫害，结案后，暂请告病回乡休养。万历四十三年，故乡灾乱不宁，于是他变卖田产出走。先至沂蒙、徐州等地，又北返兖州。

万历四十四年（1616）春，王氏移居济南，购得李攀龙在大明湖畔的故居白雪楼，权且住下。又筑“问山亭”以自娱。从此，他徜徉于济南的湖光山色中，诗酒风雅，悠然自得。

王象春在4个月的时间里，写出了《齐音》107首，对济南的山、水、湖、泉题咏殆遍。每首诗后附有注释，以抒诗中不尽之意。该书内容丰富，涉及济南名胜古迹、节令时俗、神话传说、历史人物等。当时人称：“况历（指历城）旧无专志，今百咏所载，千秋之作备矣。”

王象春写百花洲：“宫泉先注百花池，池畔弦歌漾酒旗。秋老内园红叶落，沟中日日有题词。”他写百花洲东岸的北芙蓉泉：“碧霞宫左北芙蓉，深苇荒芦闭乳钟。传说每年惊蛰日，居民床底吼蛟龙。”他写白雪楼：“草堂略似浣花居，况是先生手泽余。不比谢墩争姓字，但须更贮满楼书。”他写百花洲北岸的濯锦亭：“檐牙直饮水中间，风送书声淑气还。只有此亭高且敞，雨晴欹枕看华山。”……济南看不尽的景致一多半都在他的《齐音》中。

除《齐音》外，王象春还有诗集《问山亭集》和《续集》，他的七古和七律在写景、抒情、咏时事等方面，能够不拘常格独出新意，当时的人即称许他是“人奇、情奇、诗亦奇”。他的侄孙王士祯也说他是“天才”。

万历四十五年（1617），王象春重回官场，先至北京任上林苑典簿，后长期在南京任职，历任大理寺评事，兵部、工部员外郎，擢至吏部郎中。其实，陪都的官位并无实权，形同虚设。这期间，神宗病死，光宗继位，仅一个月又病死。光宗长子熹宗继位，改元天启。此时统治权落入太监魏忠贤手中，权势熏天，世称“阉党”。后东林党的左副都御史杨涟奏劾魏忠贤二十四大罪，请正典刑。奏疏传到南京，王象春细加圈点评语，刊印传布，招致魏忠贤等“阉党”的嫉恨。天启五年（1625），魏忠贤等人写了一个《东林党人榜》，凡榜上有名的，生者削籍，死者追夺，已削夺者禁锢。全榜共309人，王象春是第59名。王象春被削职回籍，在政治禁锢下，只能读书赋诗，遁居家园。抑郁数年后，于崇祯五年（1632）在惆怅中病逝。

清代文学家朱畹曾来到百花洲“寻问山亭，怀王季木”，并诗曰：

闻说考功亭，荒园感乍径。

《齐音》空有咏，渔唱不堪听。

绕槛湖犹碧，侵阶草自青。

孤吟谁见赏，徙倚对空庭。

JINAN 济南故事

第三章

让灵魂安静下来

近代以前，百花洲附近的住家并不多。但自宋代开始，这里就出现了许多『触及灵魂』的公共建筑，如文庙、万寿宫、碧霞宫、关帝庙、阎公祠等。这些场所，总能让人的灵魂安静下来。

百花洲头，余音绕牌坊

百花洲的北岸，顶头是一座高大的牌坊，金碧辉煌，宏伟壮观。这座牌坊是大明湖景区的南门，也是百花洲沿岸最具标志性的建筑。很少人知道，这座牌坊其实原是文庙的棂星门，20世纪50年代自济南府学迁移而来。

“大明湖”坊为五间六柱五楼牌楼，正中的明间屋顶高而大，次间、梢间的屋顶渐低渐小，呈山形造型，中轴线对称尤为突出。五个屋顶水平展开，皆为檐庑殿式屋顶，金黄色琉璃瓦覆面。檐下七彩重昂斗拱，昂嘴做成云头样，更显华丽多彩。额坊皆绘有枋心彩画，枋心上绘有双龙戏珠、云鹤旭日、西番莲花等图案纹样；枋下雀替如意卷草，点金绘彩，色彩鲜艳，富丽堂皇。6根朱红圆柱和12根斜撑支承着三阶叠落的山形屋顶群。柱础由汉白玉石鼓夹抱。

“大明湖”坊

大成殿

牌坊正中匾额上书“大明湖”三个镏金大字，圆润浑厚，苍劲有力。

坊西南，立有清嘉庆十六年（1811）“大明湖”石碑一通，为清代文人于书佃手笔。牌坊匾额上的“大明湖”三字，即临摹的该碑字迹。于书佃，登州（今蓬莱）人，嘉庆三年戊午科举人，曾于嘉庆年间任济南府学训导，是当时著名的书法家。清代，大明湖南门外还曾立有元朝山东东西道肃正廉访使王氏书、都转运使寿僧立的“大明湖”石碑一通，以及明代碑刻两通，惜早已消失。

“大明湖”坊所在处，过去是一砖木结构的三大间穿堂门厅。1952年，为建造大明湖南门景观，在许衍梁、牟宜之、黄沧溪等社会名流的提议下，经市政府批准，将文庙的棂星门迁移过来，作为文物重点保护，并改坊额为“大明湖”。由于年代久远，牌坊立柱、额枋、斗拱等严重腐朽，檐角变形。1984年4月，又按照原式样重建，同年9月27日竣工。新建的牌坊改为钢筋混凝土结构，石鼓也改用了泰山白玉色花岗石雕成，增强了牌坊的坚固性。因明湖路展宽，原牌坊位置北移了5米，并将尺度适当加大。现坊高8.38米，宽为14.7米，比原牌坊增高0.62米，加宽1.2米，始成今貌。

百花洲西岸，有一座对济南城非常重要的祠庙——文庙。它的历史与“百花洲”这一名称存在的时间一样久远。

与祭祀鬼神的坛庙不同，文庙是宣讲教化的地方，所以为历朝历代所重视。文庙是祭祀孔子的祠庙建筑，在历代王朝更迭中又被称作孔子庙、夫子庙、至圣庙、先师庙、先圣庙、文宣王庙，常附在乡学之内。历史上的孔庙有两千多所，根据其性质或类别可以分为三种类型：一是孔氏家庙，二是国庙，三是学庙。学庙，也称庙学，是将学习儒学的学校与祭祀孔子的祠庙相结合的公共教育场所，由政府教育行政主管部门直接管理。济南府学文庙，就属于学庙。

唐贞观元年（627），唐太宗李世民下诏：“天下学（堂）皆各立周、孔庙，赠孔子为司寇，谥‘文宣’。”第二年，在房玄龄的建议下，停周公祀，专祀孔子，尊孔子为先圣，以颜回为先师，配享孔庙。唐贞观四年（630）又诏“州县皆特立孔子庙，四时致祭，以左丘明等廿二人从祀”。自此之后，济南有了第一座文庙，但其具体位置早已不可考证。现存的济南府学文庙位于芙蓉街北头，百花洲西岸，始建于宋熙宁年间（1068—1077），由当时的郡守李恭主持修建，距今已有近千年历史。这座文庙附在济南府学之内，故又称“庙学”。它是古代济南及山东地区重要的祭孔、教学场所，也是文化、教育的中心，有“海岱文枢”“齐鲁文衡”之誉。

原府学文庙内的棂星门（摄于清末）

金代，庙学曾因战争而遭到严重破坏。元代至元年间重新设立济南路庙学，修复了文庙大殿。至正六年（1346）扩建庙学宫墙，张起岩在《济南路庙学新垣记》中记载道：“度垣之高下广袤，则垣广千二百五十二尺，高可一丈六尺，广四足。以石筑地，其垣墉污以白垩，覆之以瓦，崇整完固，过者为之改观，他庙学所未有也。”元末，文庙倾圮。

府学文庙御碑亭（王建浩摄于1965年）

明代是济南府学的集中建设时期，庙学里的大部分建筑都是这一时期出现的。洪武二年（1369），济南知府崔亮重建文庙。成化十九年（1483）济南知府蔡晟在文庙建乡贤祠，增设两庑像龛、乐器，设屏门于戟门外，门之东西建“钟英”“毓秀”二坊。成化二十三年（1478），复建大成殿，扩建两庑，重建戟门、棂星门、馔堂、明伦堂、庖厨、库房、师生廨舍，在明伦堂后新建环碧亭、崇制阁，其东为射圃。正德七年（1512），济南知府章寓之又在文庙增建讲堂。明嘉靖五年（1526），嘉靖皇帝撰写了一篇《敬一箴》，要求天下恪守孔子的圣人之道。各地学宫纷纷将这篇箴言刻成石碑，建亭供奉，所建之亭遂称为“敬一亭”，成为明代文庙的标志性建筑。济南府学的敬一亭建于嘉靖十年（1531），亭中置有御制《敬一亭箴》并御注的石碑，以及范浚《心箴》、程颐《四箴》的石刻。万历二十八年（1600），知府沈蒸引芙蓉泉水入泮池，名其水道曰梯云溪。又在棂星门外，建“中规”“中矩”亭。天启七年，知府樊时英引珍珠泉之水入府学东南，为一池塘，蓄以锦鲤，种以桃柳。又在池畔建造了一座凉亭，名为“飞跃亭”；引水西入泮池，由西庑后绕尊经阁而东，称之为“玉带河”。崇祯七年，文庙大殿塌陷，济南知府顾燕诒重修。崇祯十一年（1638），知府苟好善又对大成殿及明伦堂加以修缮。刚刚完工，恰逢戊寅之变，庙学内的建筑多有毁坏。到明朝末年，府学的建筑布局已臻于完善，整个建筑群布局严整，规模宏大。随着历朝的扩建，济南府学外扩时先后建有两座泮池，全国罕见。

文庙大门

清顺治十二年（1655），山东巡抚夏玉在梯云溪上架起了一座桥，名为“青云桥”，桥前建坊，题额为“腾蛟起凤”。今天明府城内的起凤桥、腾蛟泉的命名，也与此有关。康熙二十四年（1685），山东布政使黄元骥重修文庙。道光元年，山东巡抚钱臻、学政李振祐重修境内十府二直隶州的庙学。至民国时期，济南文庙不同规模的增建、重修达三十余次。

文庙的祭孔，是过去济南城里规格最高的祭祀仪式。按古代祭祀天神的礼乐规格，祭孔用“八佾之舞”，旋以“郊乐”。古代乐舞的行列称为“佾”，源自宗庙宫廷雅乐舞，佾的多少是古代中国祭祀规格的重要标志。“八佾舞”即每行八人，共八行，六十四人，是等级最高的佾舞。佾舞每个动作都代表一个字，一节乐曲一组动作，又有文舞和武舞之别。跳文舞时右手执羽，常用雉尾，左手执籥，即短笛形的竹管，分别有立容、立声之意；武舞与文舞相对，舞时手执斧盾，内容为歌颂统治者武功。唐朝贞观年间的祭孔佾舞为文舞、武舞并用，唐玄宗开元年间曾用“八佾”。宋朝仅用文舞，表示谦逊礼让之义。明朝文舞武舞并用，采“六佾”。

祭孔用的音乐是宫廷雅乐内之一种，自东汉章帝用《六代之乐》祭孔开始，至清亡，绵延近两千年之久。南齐武帝永明年间，承袭周代礼乐的等级制度，颁定祭孔用“轩悬之乐”和“六佾之舞”。北魏太和十六年（492），北魏孝文帝在祭孔用“轩悬”乐和“六佾”舞的基础之上，又增加了“三献礼”的项目，并且具体规定了祭孔大典的日期为每年春秋“二仲”。隋代的祭孔乐舞以“夏”命名，称为《诚夏登歌》。唐高祖李渊武德九年（626），祭孔音乐形成了“十二和”的《大唐雅乐》。开元二十三年（735），唐玄宗确定祭孔乐为八个乐章，每章以“和”字为名，这时的祭孔仪式共设五乐八奏。宋代，祭孔音乐共进行了四次修改。最后一次修改是在政和六年（1116），较之先前的祭孔乐舞，又增加了升阶、奠帛两个乐章，共十章。元代大德十年（1306），取“箫韶九成”之义改祭孔音乐为《大成乐》，共设乐曲七章。洪武十五年（1382），废除武舞，以示“仁德服天下”。洪武二十六年（1393），朝廷正式向全国颁布《大成乐》祭孔，共分六个乐章，均以“和”字为名。清乾隆八年（1743），清高宗制定《中和韶乐》，颁行全国文庙。清光绪三十二年（1906），中央级的孔庙、阙里孔庙升格为大祀，行帝王所用之礼节，地方级的孔庙也跟着升级为大祀。

民国以后，府学文庙被改为学校，大成殿前再也没有了佾舞箫韶。1926年，大成殿迎来了20世纪的最后一次维修。此后，府学文庙逐渐败落。至21世纪初，除大成殿、影壁、前门、泮池、更衣所等少数建筑外，其余建筑皆已消失。

鹊华桥西，那座文化人的庙

百花洲是读书人的后花园。过去，百花洲南岸是济南城内宣纸、湖笔生意的聚集地，又有非常多的刻字铺、印书铺、石印馆、旧书店，还是济南近代报纸的发源地。这些买卖都是读书人去消费，而读书人常聚于此的原因，则全源自鹊华桥西一座有文化的庙——济南府学文庙。

复建的泮池与大成门

如今，这些透着文化气息的生意早已消失不见，府学文庙却依旧可以看到。现存的府学文庙，是2005年之后复建的。复原之后的济南府学文庙坐北朝南，“规制如鲁”，其形制、规模与曲阜孔庙相仿。但济南府学文庙却不像其他地方的文庙那样呈正南正北朝向，而是向西北倾斜，这在传统建筑中非常少见，是人们一直以来解不开的一个谜题。

整组建筑群的最南端为影壁墙，向南正对芙蓉街，向北与府学南门对景。现存的影壁墙为清代遗物，长9.85米，高约5米，厚0.95米，琉璃瓦顶。影壁墙北是府学的南门，也是清代建筑，乾隆年间置有“先师庙”匾额。门面阔五间，进深一间，左右阔10.8米，前后深6.33米，单檐歇山顶，上覆黄琉璃瓦。门内两侧有中矩亭、中规亭，中矩亭为方形，中规亭为圆形，黄琉璃瓦攒尖顶。亭名出自《礼记·玉藻》之“周旋中规，折旋中矩”和《周礼·考工记》之“方者中矩，圆者中规”。

再往北是泮池和泮桥。济南文庙有一个很大的特点就是它的泮池，不但有大泮池，还有小泮池，这在文庙中也比较少见。另外，其他地方文庙里的泮池大多数只是个象征，有的最多只能放进去些死水。而这里的泮池不但有水，还是能流动的泉水。泮池近半圆形，弧面朝南，北岸弦长37.4米。池周环绕白石望板、望柱。泮桥从池正中部跨越南北，为青石拱桥，长19米，宽2.88米，共五孔，正中桥孔最大，两边孔径对称递减。泮池及浮桥的历史可追溯到春秋时期。《礼记·王制》中曾记载："大学在郊，天子曰辟雍，诸侯曰泮宫。"辟雍四周环水，而泮宫东、西、南三面围以池水，形如半璧，呈半圆状，取玉璧之半之意，故称"泮池"。后来，泮池为庙学所专用，成为学宫的标志。古时学童进县学为新进生员，须经泮桥入宫拜孔子，叫入泮或游泮。诗经《泮水》篇有"思乐泮水，薄采其芹"等句。古时士子若中了秀才，到孔庙祭拜时，可在泮池中摘采水芹，插在帽缘上，以示文才。

泮桥正对着的，原有一块4米多高的太湖石，"瘦削天矫，势若拏云"，是济南四灵石之一的"龙石"。明代诗人王象春曾写有《四灵石》一诗，诗后有注曰："郡中有灵石四，玲珑清古，极天工之巧。一在府学，一在布政司，

复建的棂星门

一在孟宅，一在刘家亭。”龙石于1977年被移去趵突泉公园东门内，2005年后复建文庙时未予恢复，今误标为“龟石”。

复前行，是一座五间六柱牌坊，即棂星门（今名为“屏门”），门后原有石狮一对。坊顶五楼，由明间向两侧呈三阶式错落，重昂单檐庑殿顶，覆黄琉璃瓦，饰吻兽，檐下以云头斗栱承托，额枋彩绘“旭日云鹤”“金龙戏珠”等图案。1952年，为建造大明湖南门景观，将文庙的棂星门迁移至大明湖，作为大明湖的入口，并改坊额为“大明湖”。1984年4月，又按照原式样重建，并将尺度适当加大，改为钢筋混凝土结构。所以，现在看到的大明湖南门外的牌坊与府学文庙里的这座牌坊如出一辙。2005年府学文庙修复过程中，发现原来的柱础未被移走，便依照柱础的布局、形式，参考现大明湖南门牌坊，设计重建了现在的牌坊。

棂星门内，东西两侧分别是更衣所和牺牲所。每年祭孔前，主祭官须在更衣所沐浴、更衣，斋宿三日。更衣所建筑为原物，2006年，进行落架维修。牺牲所则准备祭孔大典上的祭祀用品，原建筑已被拆除，2006年根据史料记载在原址复建。更衣所的东墙外，原有“三山不显”之一的铁牛山，今已移至矩亭内保存。

棂星门迤北，为戟门，这是宋代文庙大门的叫法。明嘉靖年间，改戟门为先师庙门，门外设棂星门。乾隆三十三年（1768），改名为大成门。戟门为文庙的正门，面阔五间，歇山顶，上覆黄琉璃筒瓦。戟门两侧原与廊庑相连，与大成殿组成一封闭院落。

戟门内正对着的，就是祭祀孔子的大成殿了。大殿面阔九间，进深四间，东西阔34.5米，南北深13.9米，通高13.86米，面积约480平方米，是全省最大的单檐庑殿顶建筑。

大成殿内过去曾悬挂有8块匾额，都是由清代皇帝御书，命天下学宫悬挂的。“万世师表”匾，为康熙皇帝于康熙二十三年（1684）到曲阜孔庙祭孔时，听完监生孔尚任讲完《大学》首章后，对大学生王熙等人宣谕之中讲到“欲加赞颂，莫能名言”，特书“万世师表”四字。“生民未有”匾，雍正五

复建的大成殿

年（1726）由雍正皇帝御笔题写，典出《诗经·大雅·生民》：“厥初生民，时维姜嫄。生民如何，克禋克祀，以弗无子。”用于昭示后人铭记孔子在创立儒家文化中的至尊地位。“与天地参”匾，是乾隆二年（1737）乾隆皇帝“临雍”释奠行三礼时御笔题书，“与天地参，谓以天地并而立三也。”意为孔子地位与天地并列。“圣集大成”匾，是嘉庆皇帝于嘉庆四年（1799）到孔庙祭拜时题书，意即孔子能把古圣先贤的美德集于一身。“圣协时中”匾，为道光皇帝于道光元年（1821）御笔题书，意在赞扬孔子的中庸之道。“德齐帱载”匾，是咸丰皇帝于咸丰元年（1851）御笔题书，语出《中庸》：“仲尼祖述尧舜，宪章文武，上律天时，下袭水土，譬如天地无不持载，无不覆帱。”言孔子之学术思想和个人品德，可以经纬天地，无所不包，完美无缺。“圣神天纵”匾，为同治皇帝于同治元年（1862）御笔题书，意在颂扬孔夫子为上天赋予人间的品德学识和高超的神灵。“斯文在兹”匾，是光绪元年（1875）光绪皇帝御书，意指世间所有文化盖源于儒学创始人孔子。

大成殿内正中有大成至圣先师文宣王孔子像。孔庙中立像始于宋代乾德年初，这之前都是使用的木榜。济南府学文庙内的塑像，为济南知府蔡晟于明成化十九年（1483）塑成。明嘉靖年间，辅臣张璁建议废除孔子的王号，改孔子像为木榜，祭祀从简。在具体执行的时候，济南府学内的诸生员抱着孔子像大哭不止，只好作罢。万历七年（1579），辅臣张居正再次提出撤掉孔子像。这次，还没等诸生员来哭，山东提学周之屏就想出了一个好办法——在神龛外糊一层毛头纸，把神像遮挡起来。

孔子像前有四座陪祀的木牌位。南宋咸淳三年（1267），度宗皇帝诏令以颜回、曾参、孔伋、孟轲四人配祭孔子，史称“四配”。在配祭的方位上，颜回（兖国复圣公）、孔伋（沂国述圣公）居孔子像东侧，而曾参（郕国宗圣公）、孟轲（邹国亚圣公）则居孔子像西侧。此外，还有配享祭祀的“十二哲”，列于大成殿内“四配”之后。东西各六人，东位西向的是闵损、冉雍、端木赐、仲由、卜商、有若，西位东向的是冉耕、宰予、冉求、言偃、颛孙师、朱熹。

复建的尊经阁

大成殿东西两侧有东西廊庑，彼此相对，与大成门和大成殿围成封闭院落，为从祀孔子的先贤、先儒的纪念性建筑。文庙中的先贤，大多数为孔子的弟子，是从祀的第三个等级。乾隆十八年（1753），东西庑从祀的先贤为77人（东庑39人、西庑38人），先儒为46人（东庑23人、西庑23人）。乾隆以后，仍不断有增减。

在文庙的东侧，靠近百花洲的位置，过去还有启圣祠、文昌祠。启圣祠是祭祀孔子父母的祠堂。元文宗至顺元年（1330），封圣父启圣王，圣母启圣王太夫人，圣配大成至圣文宣王夫人。明嘉靖九年（1530），大学士张璁等人向明世宗朱厚熜建议，认为典重本原，仅祀孔子则不能推本其所自出，因此明世宗改称启圣王为启圣公，颁令京省及地方学校特建启圣祠。清雍正元年（1723），雍正皇帝追封孔子上五代先人为王，令天下学校改启圣祠为崇圣祠。

清代祭祀孔子的仪式十分隆重，以巡抚为正献，两序以布政使、按察使及道员，两庑以知府、同知为分献。崇圣祠以学政为正献。

民国时期，文庙改称“孔子庙”，祭祀活动渐熄。这之后，府学改为学校，真正实现了它的“教化”功能。

碧霞驻节岱宗街

百花洲东岸有一条名为“岱宗街”的老街，它北起大明湖路，东临万寿宫街，全长近两百米。“岱宗”自然是指泰山，可济南城内为何会有一条与泰山有关的街巷呢？原来，岱宗街最初的名字叫作娘娘庙街，老济南人所说的“娘娘庙”其实就是供奉碧霞元君的泰山行宫，也被俗称为“泰山奶奶庙”。不论是岱宗街还是娘娘庙街，它的得名都与这条街上的碧霞元君行宫有关。

碧霞元君即“东岳泰山天仙玉女碧霞元君”，因坐镇泰山，故称泰山圣母碧霞元君，俗称为泰山娘娘、泰山老奶奶等。道教认为，碧霞元君“庇佑众生，灵应九州”，“统摄岳府神兵，照察人间善恶”，是道教中的重要女性神祇。因为碧霞元君的道场是泰山，所以各处的碧霞宫也被称为“泰山行

碧霞宫大殿（摄于 1955 年）

宫”。碧霞元君宫在各地的名称不尽相同，如碧霞庵、圣母庙、元君庙、奶奶庙、天仙庙、泰山殿、元圣庙、圣姑寺、神州庙等等，别称竟有50多种，可见影响地域之广。由于碧霞元君影响巨大，其行宫遍布山东、河北等地，其中数量最多的是山东省，省内仅方志有记载的就有300处以上。在百花洲片区新近发现的重建碧霞宫碑上就写道：碧霞元君祠，“山东郡县多有之”。

不同于泰山神东岳大帝，碧霞元君是一个女性神祇，出现的时间较晚。对泰山女性神祇的记载始于宋真宗封禅，但历经辽金元三代，声名一直不显。元朝确立了东岳大帝的国家祀典地位，只许朝廷专祀，不许民众祭拜，这种制度一直延续到明代初期。泰山神在民间留下的信仰空白，恰好成为碧霞元君的成长沃土。明成化、弘治年间，碧霞元君行宫逐渐遍布长江南北，成为全国性信仰。明人谢肇淛在《五杂俎》里记载道：“齐、晋、燕、秦、楚、洛诸民，无不往泰山进香者。其斋戒盛服，虔心一志，不约而同。”随着碧霞元君地位的上升，香客到泰山进香的主要对象也由泰山神转为碧霞元君。清代孔贞瑄在《泰山纪胜》里说道：“今海内所奔走而祷祀者类先碧霞而后岳神，不详所自，抑或东岳非小民所得祀故假借碧霞云尔乎。”在泰山及北方地区，泰山神逐渐退出了民众的信仰舞台。泰山至今流传着碧霞元君和泰山神争泰山的传说，这正是明代泰山信仰主体发生变化的生动例证。

对碧霞元君祠的修缮，明英宗是参与其间的第一位皇帝，紧接着，明宪宗、明孝宗都曾诏修碧霞灵应宫。正德二年（1507），在碧霞元君信仰已经风靡全国的情况下，明武宗下令在泰山天书观旧址建碧霞元君殿，并御制告文，遣官致祭。正德十一年（1516），武宗下令向进香的香客收缴香税，名曰“泰山元君祠香金备修费”。这一年，驻藩济南府的德庄王在德王府后门对过，修建了济南城内最早的碧霞行宫，也就是后来的岱宗街娘娘庙。

德王在府后兴建碧霞宫的理由也很直接：碧霞宫即泰山行宫，是掌管泰山的，过去营造阳宅要求宅前有水、宅后靠山，德王为求风水好，就自然而然地要建一座泰山行宫靠一靠了。

据方志记载：“碧霞宫，宫以十数，以德府后为古。”迨至嘉靖四十二年（1563）德恭王朱载墱复修，碧霞宫逐渐成为德王祭祀道教神祇的固定场所。清代，乾隆三十九年（1774）、嘉庆十六年（1811）、道光十五年（1835）都曾由官方重修泰山行宫，可见岱宗街泰山行宫规格之高。民国时期，泰山行宫曾作为城内公安分局驻地，1928年“五三”惨案时遭日军炮击。民国二十八年（1939）十月，济南名人辛铸九等重修并立碑记载此事。新中国成立后，改为岱宗街小学，1975年后改建为济南六十六中学，不久又成为济南十七中学的分校和教师宿舍。

岱宗街的碧霞元君行宫，坐北朝南，山门正对今天岱宗街的南段。泰山行宫门前早先有一座牌坊，坊额上写有“碧霞驻节”。山门为石拱门洞，上有二层门楼，背面东西两侧有砖石砌成的楼梯，以供攀登门楼之用。大殿为斗拱歇山顶，前殿对悬清代皇帝御题的“广生普育”“资生普润”二匾，殿前有古柏两株。后殿原有真武神像，是明代藩王祝厘祈祷的地方。大殿后为戏台，戏台北则为一小广场。

碧霞宫迤东还有水官庙及风神庙，分别祭祀雨师、风伯。水官庙建于清乾隆五十八年（1793），因祷雨灵验，从德平县（清代济南府德平县，今位于德州临邑）迎神位来济南城内供奉。水官庙一侧为风神庙，也称风伯庙，建于清嘉庆六年（1801）。水官庙、风神庙规模都不是很大，消失的时间也很早。

碧霞宫大殿遗址

泰山行宫附近有三处泉水，一处在水官庙前，称为北芙蓉泉。北芙蓉泉湮没已久，据老人回忆，北芙蓉泉水非常清冽，泉西不远有一大的砌岸方塘，俗称王八湾，有砌岸小河与之相通。小溪在明代被命名为北溪，向南绕过碧霞元君祠的大门，再折回向北，复折而向西汇入百花洲。北溪是济南城内唯一一条自东向西流淌的河流，后来逐渐成为暗渠，今天在百花洲岸边仍然能看见北溪的出水口遗迹。另一处泉水在岱宗街南端，称为岱宗泉。岱宗泉原是居民家中的一口水井，因位于岱宗街上，后来被命名为"岱宗泉"。在岱宗泉附近，还有一处术虎泉。20世纪60年代，这里的住户修房在院里挖了一个坑，坑里冒出了泉水，2007年被正式命名为"术虎泉"，兴建百花洲街区的时候被破坏了。

2016年下半年，笔者于百花洲街区建设工地D片区待外运的渣土中发现了一块残碑及一块雕花的泉池石栏板，距此不远处的岱宗街北口土坑中发现了夯筑的三合土痕迹。后报有关部门，对该片区进行了考古发掘，挖掘出碧霞宫明代大殿的墙基、柱础、神台等建筑遗迹，以及庙门、水官庙、风神庙的墙基，两块碑额及赑屃碑座。

新建碧霞宫残碑近似正方形，顶部断口有水泥抹平，据文字及碑身体量分析，原石碑应被拦腰裁断，现存石碑为原碑的下半部分。碑文几近磨平，正面17行，勉强可以辨认出的文字有：

残存的"新建碧霞宫碑"

①（无字）

②……上之询？也□□天子岁二月东巡狩至于泰宗

③（无字）

④……志山东郡县多有之

⑤……星见东方会……

⑥（无字）

⑦……成因谓……

⑧（无字）

⑨（无字）

⑩（无字）

⑪……元君东……门钟鼓……

⑫……有加焉……复建行宫

⑬……也……祷之

⑭（无字）

⑮……东……神游

⑯……无……宇峰

⑰（无字）

新建泰山行宫“重建泰山行宫”碑额

石碑背面文字保存相对较多，为捐钱重修碧霞宫的人名，横排共6排，能辨认的约有60人。其中，第五排人名前写有“募缘居士”“道人”“僧人”等前缀，共计福缘居士1人、道士5人、僧人1人。第六排人名皆为女性“某氏”，可看清的前缀为“敕封安人”。安人是封建时代命妇的一种封号，宋代自朝奉郎以上，其妻封安人。明清时，六品官之妻封安人。

根据已辨识的文字可知，新发现的碧霞宫碑是重建功德碑。碑刻正面“天子岁二月东巡狩至于泰宗”一句出自《尚书·舜典》，碑文“泰宗”在《尚书》中作“岱宗”，是讲舜帝东巡的事。“志山东郡县多有之”一句应是说对泰山神的祭祀山东各地皆有，“星见东方”句意吉兆。很显然，前面这一大段是在追述祭祀泰山神的历史。中间一大段应是讲述岱宗街碧霞宫的历史，可惜这部分风化严重，没有能够辨识的文字。最末，则讲述如何重修及重修后的风貌。

石碑背面碑文的前4排及第5排的一小部分，基本都是男性人名，其次是居士，再其次是僧人、道士，最其次是有姓无名的妇女。不能确认的是第5排左上有一个单列的“曲”字，暂不知何意。功德碑人名排序反映了封建社会的等级观。据推测，该碑遗失的上半部应是官员及有功名者，接着是商号及男性，再下面是属于三教九流的僧道，最末则是女性。值得注意的是，“道人”“僧人”都参与了这次重修。碧霞元君作为一个女性面貌出现的神祇，其女性信众较多，故功德碑上有不少女性人名。人名前缀应有三种，但目前只有中间“敕封安人”可以看清。

如今，岱宗街上娘娘庙的香火早已断绝，岱宗街也非往日景象。但随着明府城百花洲片区的复建，这条老街上许多泰山文化的元素正待恢复，碧霞宫遗址已被挖掘出土并得到了有效保护，消失已久的北芙蓉泉也有望复原，岱宗街或可恢复往日的精彩。

江西会馆，管着三座庙

百花洲迤东，后宰门街路北，有一条名为万寿宫街的巷子。它北起明湖路，东至县西巷，长30米，宽3—5米。这条街因江西会馆内的道教宫观万寿宫而得名。过去，无论什么地方，凡有江西会馆必建有万寿宫，所以万寿宫又被称为江西庙。那这到底是江西会馆还是万寿宫呢？可以这么说，江西会馆就是万寿宫，万寿宫就是江西会馆，万寿宫是江西会馆的主殿。

万寿宫，为纪念江西的地方保护神——“普天福主”许真君而建。许真君，名许逊（239—374），字敬之，南昌县（一说颍川汝南）人，晋代著名道士，道教净明派祖师，尊称“许天师”“许真君”，与张道陵、葛玄、萨守坚并称为“四大天师”。据道书记载，许逊少以射猎为业，一日入山射鹿，鹿胎堕地，母鹿舔其崽而死。许逊怆然感悟，折弩而归，始栖托西山金氏之宅修道。他赋性聪颖，二十岁举为孝廉，屡荐不就。二十九岁拜西安（今修水）大洞君吴猛学道，尽得秘传。三十六岁时与文学家郭璞结伴遍访名山胜地，最后选择南昌西郊的逍遥山（今新

“普天福主”许真君

建西山乡）隐居，只求修炼，不愿为仕，平日以孝、悌、忠、信教化乡里，深为乡人尊敬。直至西晋太康元年（280）四十二岁时，因朝廷屡加礼命，难于推辞，他才前往四川就任旌阳县令。许逊到了旌阳，去贪鄙，减刑罚，倡仁孝，近贤远奸，被人们称为“许旌阳”。

元康元年（291）爆发八王之乱，许逊以晋室纷乱，乃弃官东归，与吴猛在豫章地区传播孝道。据说，许逊的西山教团有上百人的规模，教团骨干有十二人，称十二真君，即许逊、吴猛、时荷、甘战、周广、陈勋、曾亨、盱烈、施岑、彭抗、黄仁览、钟离嘉。其中五人为许逊的家族或姻亲。他以南昌西山为中心，传教活动遍及豫章及附近地区，豫章各地多有许逊斗蛟斩蛇、为民除害的神奇故事。

道教传说，东晋宁康二年（374）八月十五日，许逊一家四十二口“合家飞升，鸡犬悉去”，俗谚谓“一人得道鸡犬升天”就是说的这位。许逊死后，为了纪念他，当地乡邻和族孙在其故居立起了许仙祠，南北朝时改名为“游帷观”。据《孝道吴许二真君传》载：每当许逊升遐之日，“四乡百姓聚会于观，设黄箓大斋。邀请道流，三日三夜，升坛进表，上达玄元，作礼焚香，克意诚请，存亡祸福，方休暇焉。”

宋代，许逊极得皇室的尊崇。大中祥符三年（1010），将西山游帷观升格为玉隆宫。政和二年（1112），遣内使程奇请道士在玉隆宫建道场七昼夜，诰封许逊为“神功妙济真君”。后又仿西京崇福宫规制，在洪州西山改建玉隆万寿宫，建筑宏伟壮观，为宋代著名道观。南宋时，“真君垂迹，遍于江左湖南北之境，因而为观府、为坛靖者，不可胜计。”农历正月二十七日是许真君诞辰，为小朝；八月初一日为许真君飞升之日，为大朝。每年农历七月十五到八月十五间，前往西山玉隆万寿宫朝拜者，扶老携幼，肩舆乘骑，肩摩于路。

所以，古代凡有江西人聚居的地方，就有万寿宫。明清时期，江西经济发达，经营瓷器、茶叶、大米、木材和丝绸的赣籍商人行走全国，并在全国各地都修建了万寿宫，万寿宫自然而然地成为外地江西同乡的会馆。

百花洲附近的江西会馆建于明代，由在济的江右商帮兴建，供同乡同行集

复建中的万寿宫大殿

万寿宫街南北向路段（西胡同，摄于 2007 年）

会、寄寓之用，是济南城内建成时间最早的会馆之一。据清代《江西会馆记》记载，康熙四十六年（1707），在济江西籍士绅出资购买了张思恭的地基，会馆规模自此开始扩大。乾隆五十年（1785），江西籍官员济东泰武临道陈守训、济南府知府曾廷櫺率同乡重加增修，形成了后人看到的会馆模样。江西会馆的中心是真君正殿。会馆前有头门、二门，外有影壁，东、西各有厢房五间，后有房舍，规模大备。百花洲江西会馆自明代建立之后就一直称为“万寿宫”，乾隆五十年的那次维修，将正殿题额改署为“江西会馆”。

不仅万寿宫是江西会馆的产业，大明湖北岸的曾公祠、晏公庙也由江西会馆打理。

曾公祠，全称“曾文定公祠”，位于南丰祠东部，即今藕神祠的位置。曾公祠的祀主是宋代文学家曾巩，他曾在济南做过知州，有德政，而曾巩又是江西人，在济任职的江西籍官员们便捐资修建了曾公祠，产权自然归到了江西会馆的名下。

至迟在明代正统年间，济南就建有祭祀曾巩的祠堂，位于城南千佛山半山腰，“民怀其德，肖像祀之”。这处曾公祠到清代康熙年间就已破败，及至嘉庆年间，屋宇存而塑像废。乡民误指为秦琼庙，即今千佛山半山腰唐槐处。大明湖畔原有明代曾巩《齐州北水门记》残碑，约在乾隆初年，被居民移立于壁间。后在湖畔建起曾公祠，主事者曾重刻《齐州北水门记》碑，立于祠下。道光九年（1829），江西南丰籍的官员山东布政使刘斯嵋、历城知县汤世培见湖畔曾公祠倾废已久，慨然捐金集资，于湖北岸汇波楼前、明代所筑晏公台之东重建祠宇三楹。曾祠竣工后，汤世培撰《重修曾公祠记碑》立于祠前，并上奏布政使司请求专祠致祭。后经礼部批准，定春秋典祭：除府学和县学的名宦祠内照旧致祭外，每年春秋二祭之期，委派府学教官前往曾公祠致祭。所需祭品每年动支布政司库银四两，分春秋二季给发。日后若有损毁，由地方官捐金修葺。道光十年（1830），刘斯嵋录案制碑，另录《宋史·曾巩传》制碑，一同立于祠前。

曾公祠曾于清宣统年间重修，增建东厅三间，一直由江西会馆派员管理。1916年，江西人蔡儒楷再次主持重修。蔡儒楷于1914年5月出任山东巡按使（省长），见曾公祠阶毁垣坏，为营兵借住，于是召集在山东做官的江西同乡共同出资维修。重修工程历经六个月竣工，蔡儒楷撰书《重修南丰先生祠堂记》并立碑。民国时期的一篇游记中写道：曾公祠，“门额书‘曾南丰先生祠’。院内，有西厢南舍，为看祠者居所。北有祠堂三楹，内设神阁，阁内立曾公牌位。阁前案上，仅列炉烛，别无陈物。”湖水自南向北穿院而过，上架木桥，由桥可达祠东一座四面水环荷绕的亭子。

曾公祠西边是祭祀水神的晏公庙，始建于明代，也由江西会馆打理。晏公即晏戍子，为江西籍水神，明洪武年间诏封显应平浪侯，成为具有全国性影响的水神，职司平定风

《三教搜神大全》中的晏公形象

浪，保障江海行船。济南地势低洼，历年多有水患，故而古人在大明湖出水口上建台，台上建晏公庙以镇之。晏戌子原为元代江西临江府清江镇人，浓眉虬髯，面如黑漆。死后“有灵显于江河湖海，凡遇风波汹涌，商贾叩投所见，水途安妥，舟航稳载，绳缆坚牢，风恬浪静，所谋顺遂也。”明人王象春则认为晏公另有其人，乃是许天师所点化棕绳所封之神，并写有《晏公庙》诗一首：“棕索成身柿点眸，乘风排浪涌江流。一从误中斜封印，处处称神坐水头。”这种说法后被清人王贤仪所反对：“相传晏公为水神，或云大江棕怪，许真人治之成仙。非也。考晏公，江西临江人，生于元，讳戌仔，殁封平浪候。”古时以晏戌子一说最为普遍。

晏公台下原有券门，大明湖水经晏公台券门，再由汇波桥、汇波门北去。每逢傍晚，夕阳由券门斜射水中，把周围染上了一层橘红的颜色，故明代人将这一绮丽景色称之为“汇波晚照”，把它列为“历下八景”之一。到明崇祯年间，券门堵塞，大明湖出城水道引流至晏公台东侧，“汇波晚照”的景观移至汇波楼处。清道光七年（1827）春，历城县知事汤世培重修晏公庙，并镌刻“晏公庙”颜额镶嵌在晏公庙台的南侧。曾巩曾在百花洲一带构筑百花台，晏公庙旁的曾公祠建成以后，文人多指晏公台为宋百花台旧址。如李沧瀛《谒曾公祠》有诗称：“百花台址荒苔遍，湖上新祠结构成。”马国翰《谒南丰祠》有诗道：“百花台址蔓荒莎，卜筑新祠感兴多。”民国时期，晏公庙塌废，仅存晏公台。

当年，曾巩在大明湖筑百花堤、修北水门，彻底整治了济南城内的水患。从曾公到晏公，从人到神，他们“庇护”了这座水多的城市。如今，北水门、百花堤都得以重建，曾公祠被扩建为南丰祠，晏公庙被改建为明昌钟亭。江西会馆，或者说万寿宫，只留存了当年那座供奉许天师的大殿，被收录为济南市第三批文物保护单位。

第四章

古今如梦水云间

世事如梦。在百花洲的梦里，隐约记着一些地方、一些人物、一些故事。人们总想记住这些，不停地复述着，百花洲却想让它们消散在浩渺水云之间。

花明柳暗水面亭

百花洲迤北，司家码头以西，过去有一座济南名亭，名“天心水面亭”。亭名取自宋代邵雍诗句“月到天心处，风来水面时”，这是一临水建筑，亭中曾立着一块乾隆皇帝题写的御碑。

乾隆十三年（1748）春夏之交，清高宗爱新觉罗·弘历东巡来济。他乘船自百花洲来此，写下了这样一首诗：

历城周廓十二里，大明湖乃居其半。
平吞济泺众泉流，远带齐鲁诸郡县。
泛舟初入鹊华堤，烟水苍茫迷远岸。
鸢鱼上下各逍遥，花木周遭相明绚。
演漾绿蒲隐钓矶，缥缈白云临古观。
应接无暇有余乐，水亭清雅陈笔砚。
便教乘兴一挥毫，苕华记予初所见。

今位于历下亭岛上的乾隆大明湖诗碑

乾隆走后，山东地方的官员将这首诗刻在石碑上，立在天心水面亭里。咸丰九年（1859）重修历下亭时，将该碑移至历下亭岛，在历下亭南新建一御碑亭，至今仍保存完好。

复建的天心水面亭

同这块石碑一样，天心水面亭也是从它处“移”来的，最初的天心水面亭并不在这个位置。

天心水面亭始建于元天历三年（1330）春，为元代大学士李泂所建，位于元代的超然楼附近。李泂（1274—1332），字溉之，山东滕州人，生而颖悟，文思俊逸，授翰林国史院编修官。泰定（1324—1328）初，除翰林待制。天历（1328—1330）间，迁翰林直学士，继而特授奎章阁承制学士，参加《经世大典》的修纂。书成后，引疾告归，侨居于济南大明湖畔之超然楼。

元翰林直学士兼国子祭酒虞集曾奉元文宗图帖睦尔之命作《天心水面亭记》，文中记述了天心水面亭筑建之始末：“天历三年春，臣（虞）集、臣（李）泂、臣（柯）九思得侍清闲之燕，论山川形胜。臣九思曰：‘济南山水似江南，殆或过之。’臣泂之居在大明湖上，壅土水中而为亭，可以周览其胜，名之曰‘天心水面亭’，可想见其处矣。”

对于李泂所筑建的天心水面亭周边的景致，时人曾以“二分明月”加以盛赞。所谓“二分明月”这句成语原本用于形容扬州繁华昌盛的景象，语出唐徐凝《忆扬州》诗：“天下三分明月夜，二分无赖是扬州。”人们用以比喻大明湖天心水面亭四周美好的风光。虞集曾作《题李溉之学士湖上诸亭诗五首》，对其景色倍加赞赏，并予以咏颂。张养浩于元英宗至治二年（1322）退隐济南后，也曾游览过天心水面亭，并赋诗曰：“放眼乾坤独倚栏，古今如梦水云间。南山也解留连客，直送岚光到座间。”令人可叹的是，元代的这座天心水面亭随着时光的流逝早已荒废。

明代初年，有人在百花洲迤北另建一座水面亭，亦称“天心水面亭”。其位置，据清人董芸在《水面亭》注文中云："亭在鹊华桥下，北临湖水。"

明人刘敕在《历乘》中记述该亭："楼台轩敞，绚然于湖水之湄，榜曰'湖山嘉境'。倚栏南望，乱峰入云，青林翠竹，五色交辉；北则垂杨袅袅，鹊华出树杪丈许，光景恍惚，隐隐如画图中。"因乘船可"荡漾于万荷之中，骚首弄波，寒香沁肺；沉鳞竞跃，目饫心怡"，故而被明代人列为"历下十六景"之一，称为"荷香北渚"。又据清康熙《山东通志》记载："明建文时，铁铉尝犒军于此。"明代靖难之役期间，铁铉常在此犒劳守城将领。

天心水面亭处有两大景观最为著名，一为柳树，一为荷花。关于柳树，明代文人王象春曾记载道："客济寓邸在水面亭西，宅后一隙地，古柳十围，旧砌如铁。"而关于荷花，清代著名诗人王士禛曾言："亭前有池，种佛座、锦边诸白莲，皆异种，一桥跨之，惜不及花时来游也。复由水面亭舍舟登岸，取道鹊华桥以归。桥之所跨，即百花洲北流入湖之支也。"

顺治十四年（1657），王士禛会诗友于四面荷花三面柳的天心水面亭。时值初秋，湖畔垂柳叶始微黄，若有摇落之感，王士禛身置其中，浮想联翩，乃赋《秋柳》诗四章，诗曰：

秋来何处最销魂，残照西风白下门。
他日差池春燕影，只今憔悴晚烟痕。
愁生陌上黄骢曲，梦远江南乌夜村。
莫听临风三弄笛，玉关哀怨总难论。

娟娟凉露欲为霜，万缕千条拂玉塘。
浦里青荷中妇镜，江干黄竹女儿箱。
空怜板渚隋堤水，不见琅琊大道王。
若过洛阳风景地，含情重问永丰坊。

东风作絮糁春衣，太息萧条景物非。
扶荔宫中花事尽，灵和殿里昔人稀。

相逢南雁皆愁侣，好语西乌莫夜飞。
往日风流问枚叔，梁园回首素心违。

桃根桃叶镇相怜，眺尽平芜欲化烟。
秋色向人犹旖旎，春闺曾与致缠绵。
新愁帝子悲今日，旧事公孙忆往年。
记否青门珠络鼓，松枝相映夕阳边。

全诗句句写柳，却通篇不见一个“柳”字，表现出诗人深厚的艺术功底。王士禛后来在《菜根堂诗集》序文中追忆道：“顺治丁酉秋，予客济南，诸名士云集明湖。一日会饮水面亭，亭下柳千余株，披拂水际，叶始微黄，乍染秋色，若有摇落之态。予怅然有感，赋诗四章。”

对于王士禛秋柳赋诗，还有一则传奇故事。清《秋灯丛话》中记载了这样一则异事：康熙丁酉年，山东乡试，德州考生祁子征因为两场考试违例被黜免，郁郁不得志，喝醉了独自卧在历下亭的廊檐中。突然看到苇丛中伴着箫

大明湖的秋柳

复建的秋柳园

鼓声出现一条画船，有三个身材魁梧的男子，都面容苍老，满头白发，气度非凡。其中一人说：“今年又是丁酉年了，还记得和王阮亭（王士禛）赋《秋柳》的事吗？”另一人道：“就像是昨天发生的一般，历历在目。世事更替，今来古往，真让人感慨啊。”一人远远地指着岸上说：“这是季木（王象春）先生的宅邸。沧溟（李攀龙）先生的白雪楼，原来在韩仓，后来建在这里。我当年弱冠年纪参加乡试时，曾经到季木先生那里游览，如今也过了一百多年。明季楼被大火烧毁后，又改建在趵突泉上了。”说罢，命美人歌唱助兴，酒酣意浓，甚是欢快。在石壁上留诗后，他们谈笑着登舟离去。祁子征起来看石壁，墨迹未干，也没有留下姓名。日出后，一个字也看不到了。

说到怪事，蒲松龄《聊斋志异》中有一篇题为《寒月芙蕖》的故事，就发生在天心水面亭。小说的主人公是一位有异能的道士：“济南道人者，不知何许人，亦不详其姓氏。冬夏惟着一单帢衣，系黄绦，别无袴襦。每用半梳梳发，即以齿衔髻际，如冠状。日赤脚行市上；夜卧街头，离身数尺外，冰雪尽镕。”一天，道士在大明湖水面亭设宴邀请众官员。水面亭本是背靠湖水的，每当盛夏六月时，几十顷湖面盛开荷花，一望无际。道士开宴时，正值隆冬，从窗户里往外望去，绿色的湖水一片茫茫，只有清波在荡漾而已。一个客人偶然叹息着说：“今天的盛会，可惜没有莲花点缀！”大家都有同感。过了会儿，一个穿青衣的仆人奔跑进来说：“荷叶长满池塘了！”满座人吃惊，推开窗子往外一望，果然满眼都是绿葱葱的荷叶，中间夹杂着数不清的荷花苞。转瞬间，千万朵荷花一齐怒放，严寒的北风吹来，送来了沁人肺腑的荷香。大家都大感惊异，便派了一个仆人荡着小船去采些莲子来。仆人驾着船去，见荷花总是在前面隔得很远。一直划到北岸，又见荷花远远地开在湖的南面。道士笑着说："这不过都是幻梦中的空花罢了。"不久，酒宴结束，荷花也凋谢了。一阵北风吹来，将一片残荷败叶全都吹倒在水中，再也看不见了。

道光年间，百花洲迤北的天心水面亭同那残荷一般，已完全荒废。诗人范坰在其诗作中无奈地写道："天心水面古亭荒，曲岸疏篱藕芰香。却向百花洲上望，满湖秋柳忆渔洋。"

1748，花过清明也是客

1748年，孟德斯鸠出版了《论法的精神》。在书中，他把一个运转良好的君主政体与"宇宙系统"做了比较：在宇宙系统中存在着"一种吸引力"，它能够"吸引"所有物体趋向"中心"。在1748年，中国的"中心"是乾隆皇帝。

乾隆皇帝 39 岁画像

清乾隆十三年（1748），奉皇太后东巡来到济南的乾隆皇帝兴致盎然地坐上一艘小船，经玉带河，行至山东巡抚衙门的北墙下。下船走了数十步，出了巡抚衙门后门，重新登船，顺着水道来到百花洲。这一番曲折，乾隆皇帝非但不厌烦，反而觉得很有趣味。

乾隆皇帝即兴为百花洲赋诗一首，诗曰：

令日湖山分外嘉，百花洲上正蒸霞。
春光大地公鱼鸟，翠色两峰罨鹊华。
杏酪几匙翻雪色，纸鸢数队御风斜。
清明岂是客中度，四海为家到处家。

乾隆皇帝

这年的清明节，乾隆回不了京城，只得在这济南城里度过。但对于“家天下”的皇帝来说，天下都是他的，自然是“四海为家”了。

百花洲中，乾隆与臣子们谈起了宋代的曾巩。宋神宗熙宁四年（1071）六月，曾巩调任齐州（今山东济南）知州，在任职济南的众多历史名流中，他的政绩与文勋都很出色。曾巩在济南曾兴修水利，清理大明湖，修建北水门、百花堤，如此治理之后，“外内之水禁障宣通，皆处其节，人无后虞”。曾巩曾作《百花堤》诗一首，诗中，曾巩言道：“为州乏长材，幸岁足粳稌。与众饱而嬉，陶然无外慕。”给老百姓做了点实事，大家能吃饱了，玩好了，他就没别的追求了。

对于曾巩的这番作为，乾隆皇帝很有感触，于是在百花洲用曾巩《百花堤》一诗的韵，作了一首《百花洲诗，用宋曾巩韵》：

珍珠漾为池，曲折成溪路。
建闸缭垣隔，舍舟行数步。
既而复登舟，果惬幽探趣。
锦缆可无藉，云帆驶如骛。
蜿蜒岸几转，芳洲乃微露。
百花旧传名，春风几朝暮？
是时值寒食，万卉霏香雾。
诗情偶忆曾，画意谁传顾？
因谋民生计，谓可滋粳稌。
渊材传五恨，我乃生千慕。

诗中有一句“渊材传五恨”，这里指的是北宋名士彭渊材，他曾宣称有五大憾事：“一恨鲥鱼刺多；二恨金橘味酸；三恨莼菜性寒；四恨海棠无香；五恨曾巩不能诗。”世传曾巩不擅长写诗，这几乎成了一场公案。宋婉约词宗秦观曾说道：“曾子固文章绝妙古今，而有韵者辄不工。”对于这一点，南宋词人李清照也非常认同：“王介甫、曾子固，文章似西汉，若作一小歌词，则人必绝倒，不可读也。”秦观、李清照都说曾巩写诗不工整，彭渊材恨铁不成钢地嫌弃曾巩的诗写得不好，乾隆皇帝却说了，我不在乎那些！皇帝只为曾巩说的“岁足粳稌”而“生千慕”，诗嘛，不重要。不在乎细节，只求爱民如子。

真的不在乎细节吗？哪能呢！这首诗的名字里就这么一句“用宋曾巩韵”，为什么仿照曾巩的诗韵呢？“其五曰‘彭渊材有五恨，曾子固不能诗’。今视其诗，果然，故戏及之。”乾隆皇帝认为曾巩的诗不合韵律，他就故意作一篇蹩脚的诗和之，羞臊羞臊曾巩的面皮，显示显示皇帝的文采。曾巩好歹是唐宋八大家之一，皇帝戏弄他总是有些托大，是不严肃的事情。所以，临了乾隆皇帝补了一句“我乃生千慕”——不要在意那些细节。既通过贬低曾巩拔高了自己，又捎带脚表现了自己爱民如子的高尚情怀，乾隆皇帝的算盘打得很响。

当日，陪乾隆皇帝同游百花洲的大臣中有一位文化人——钱陈群。他是康熙年间的进士，雍正皇帝曾经夸赞他是“安分读书人”，乾隆皇帝曾赐诗称其为“大老”，可谓三朝元老。在“伴君如伴虎”的封建时代，两人来往密切，钱陈群晚年曾多次接驾乾隆南巡，两次被邀请进京参加皇太后的万寿大典，乾隆还每年将自己写的诗寄送给他。钱陈群与乾隆皇帝是非常要好的“诗友”，乾隆皇帝作诗时，钱陈群若在场必赓和之。这次也不例外，乾隆皇

钱陈群像

帝赋诗后钱陈群立马和诗一首。当然，用的也是“曾巩韵”：

辰游憩古亭，言寻芳洲路。
兰舟初停桡，云罕一回步。
垣转势更宽，洴邃景多趣。
舟逐鸥鸟飞，帆随骏马骛。
涟漪散圆珠，晻暧挹朝露。
远水自生虚，春阴易为暮。
林碧澹人烟，袂清袭花雾。
风诗怀名篇，瞻眺发深顾。
岂惟适方舟？亦可滋秔稌。
即事念民依，旨哉有余慕。

钱陈群自然是不敢明面上笑话唐宋八大家之一的曾巩，那是皇帝的专利，臣子的本分就是拍好皇帝的马屁。钱陈群在诗中大洗太平地：皇帝不是贪图眼前美景的，不只是出来玩的，也能惠及黎民百姓。末尾还表达了自己的敬仰之情——皇帝“笃念民依”，臣子无限仰慕，皇恩浩荡啊。在百花洲的美景前，皇帝拿古人说事，褒贬曾巩抬高自己；臣子则紧跟领导阿谀奉承，可谓行径“露骨”了。对于这种事，济南话里有一个专业术语——瞎演道。

令乾隆更感兴趣的，是船头所指的鹊华桥。水岸边全是姿态各异的柳树，鹊华桥头则长着一株高大的老榆树。风吹枝条，招着手喊乾隆来这桥上看看。

鹊华桥上看到的，自然是那名扬数百年的鹊华风月。乾隆皇帝即兴题《鹊

乾隆皇帝题写的“鹊华秋色”四字

华桥》诗三首：

长堤数里亘双湖，夹镜波光入画图。
望见鹊华山色好，石桥名亦与凡殊。

大明岂是银河畔，何事居然驾鹊桥。
秋月春风相较量，白榆应让柳千条。

榆烟杏火接空濛，稳度芳堤饮练虹。
李杜诗情天水画，都教神会片帆中。

陪王伴驾的老臣钱陈群随即和《鹊华桥》三首，诗曰：

此日风光似尚湖，词臣奉敕谱新图。
春明十里香山路，出水青名总不殊。

双峰俯瞰双流水，云满峰头水满桥。
闲数明湖比明圣，三条桥外又三条。

清明应节雨濛濛，望幸人来上玉虹。
北指金庭回阙迥，鹊桥回看有无中。

原本是奉承之词，钱陈群的一句“鹊桥回看有无中”却成了咒语。在百花洲畔的蹩脚表演之后不久，乾隆皇帝深爱的孝贤皇后去世，乾隆心痛至极。从此，济南成了他的伤心地，终生未再入过济南城一步。他曾悲情低吟道：“大明湖岂是银河，鹊架桥成不再过。付尔东风两行泪，为添北渚几分波。”

紧接着，“金川用兵，遂有讷亲、张广泗两人之案，辗转乖谬，至不可解免，实为大不称心。”这年的十二月，乾隆发出了这样的感慨：“朕御极之初，尝意至十三年时，国家必有拂意之事，非计料所及者。”——乾隆皇帝的爹雍正皇帝在位十三年，乾隆登基之初有了这样的预感。谁知，一语成谶。难怪济南人常言，不到八十八，别笑话人家瘸和瞎，这一笑话就出了事了。

乾隆十三年，成为乾隆施政的一个分水岭。乾隆即位之初，治事比较温和，封建官僚们从肃然严厉的雍正时期跨入宽大温和的乾隆时代，宽大之政赢得了“万民欢悦，颂声如雷”。但是，这种万民歌颂的后果是，雍正年间基本刹住了的贪污之风又开始抬头了，官员腐败案不断发生。乾隆即位不久，就曾说过：“若视朕之宽而一任属员欺蒙，百弊丛生，激朕将来不得不严之势，恐非汝等大员及天下臣民之福。”在经历了乾隆十三年的一系列苦闷情绪之后，乾隆皇帝再也按捺不住了，他的统治从宽仁变为严峻，摘下了宽大仁慈的面具，拿起了雍正留下的屠刀和鞭子，甚至比雍正还要苛刻。君臣关系，又变回了刁钻刻薄的主子与屏息而侍的奴才间的关系。

回望乾隆朝，我们不禁又想起了百花洲畔的那个春日——君臣和睦、爱妻在侧，看看山水，吹吹牛皮——乾隆朝祥和时代的最后一片剪影。

司家码头：乐境小乾坤

司家码头（摄于2007年）

百花洲的水未曾流入大明湖前，又分出两支，一支流入百花洲西北方的遐园，一支流经百花洲东北方的阎公祠及司家码头。

司家码头是大明湖南岸最重要的码头，当年清乾隆帝游大明湖时，就是从这里登船的。清光绪十五年（1889）绘制的《省城街巷全图》即有司家码头以及与司家码头之名有关的“司家庄”。司家码头往南，至阎公祠街的那条南北向街巷，就因此得名司家码头街。顾名思义，司家码头、司家码头街的名字源于清末在此居住的司姓家族。司家先祖清朝时曾为官吏，司家后人司绍堂、司松岩父子从事实业，在杆石桥南西顺河街开办毛巾厂，在后宰门溏子胡同开办经营各种花卉的花园。

清代王钟霖曾写有一首《司家码头》诗，为我们描绘了清代司家码头的历史风貌：

近水还临市，几户码头存。
杨柳青泥路，蒹葭白板门。
津梁无估泊，辙跡远尘奔。
社酒槽分角，征粮册注跟。
儿童乡学闹，士女比邻婚。
田上翁矜富，租完吏失尊。
庭花供几赏，园菜足盘飧。
夏沼莲多子，秋畦稻长孙。
茶瓜遊舫叙，蓑笠钓矶蹲。
挂树晴修网，撑竿晚晒褌。
鸡鸣茆舍顶，犬出竹篱根。
驯鸭知声唤，鲜鱼不价论。
霜宵街柝静，雪夜织灯温。
北渚横苍色，南山印翠痕。
歌楼闻曲罢，试院羡文抡。
亲戚闻情话，壶觞忘晓昏。
经年疏过輢，迓岁具蒸豚。
闵子崇祠接，薛公祇记惇。
桃园差可拟，乐境小乾坤。

他在诗中描述了司家码头、司家庄所处位置和规模，以及这里秀丽的自然景色和村民那种乐哉悠哉的生活情景。在诗人眼中，司家码头是“乐境小乾坤”，令人心驰神往。

清代中后期，司家码头这里曾有一处枕湖楼，由道光年间济南名士翟修来居士之子翟渐逵建造。枕湖楼始建于道光六年（1826）四月二十六日，同年七月十六日落成。建成之后，翟修来故友、济南著名诗人周乐为之作《枕湖楼记》，文中记述道：“楼不甚高而特宏敞，下周以曲廊，达枕湖草堂；上则南北面皆植疏棂，便远眺。南望重峦叠嶂，若断若属，有黛翠者，有螺青者，有幂云而白、烘霞而赭者；北望则湖水湛若镜、澄若练、漩若縠、洊若雪，界以蒹葭，覆以菡萏，跳鯈拳鹭，眠凫惊鸥，相于掩映出没。自北而东而西，万树周连，甍瓦鳞次，渔庄蟹舍，错杂其间。炊烟出树上，纷若擘絮。雉堞缺处，露华不注一角，尤有远致。有时烟雨与鹊山相接，蒲荷竞响，云水溟濛，渔舟隐现，远与天际，斯又极湖上之大观矣。”到了清同治年间，枕湖楼又成为陈笏山寓居。陈笏山的文友、同治光绪年间任事济南府同考官的郝植恭在《枕湖楼记》一文中记述道：“楼中俯瞰，古历亭、北极阁与楼对峙；顾左盼右，铁公祠、汇泉寺俱在望中，城头雉堞若栏槛之在户外。”依郝植恭所写，枕湖楼在大明湖南岸湖滨，与历下亭、北极阁遥遥相对，其址当在司家码头附近，民国时已不复存焉。

清光绪十八年（1892），济南民间为纪念山东巡抚阎敬铭，在司家码头西侧建阎公祠。阎敬铭（1817—1892），字丹初，陕西朝邑（今陕西大荔县）人。清道光二十五年（1845）进士。咸丰年间任湖北按察使，不久改任该省布政使。同治元年（1862）调任山东盐运使，同年升任山东巡抚。从同治元年到六年，阎敬铭任职山东巡抚长达6年之久。在巡抚任内，他协助镇压了宋景诗领导的黑旗起义军、捻军起义，将咸丰年间山东巡抚谭廷襄修建的土围子墙改成了石头墙体。同治六年（1867），阎敬铭离开山东，并推荐丁宝桢升任山东巡抚。阎敬铭后任户部尚书，官至东阁大学士，光绪十八年病故。阎敬铭一生“质朴，以廉洁自矫厉”。阎敬铭病故后，山东地方及户部、兵部等部的官员联名上书，奏请皇上为其建祠，未获批准，山东士绅遂集资为阎敬铭立祠。建成的阎公祠坐北面南，南抵大街，北临湖岸，占地面积广大。院内除有祠堂、厢房外，还有荷花池和太湖假山、四柱飞檐的潜亭、高台亭以及亭南的蜿蜒小溪。溪河南岸的名石“游云”，高米许，玲珑剔透，曾为济南“三云”之一。因阎公祠并非官府主持修建，故入民国之后即沦为废祠。1913年，被改为私立正谊中学。

司家码头北头，百花洲流向东北的小河畔，曾有一座鼎鼎有名的饭庄——雅园。清代光绪八年（1882）孙点所著《历下志游》卷三《城闉志》中记述道：雅园与后宰门的鹿鸣园、九华楼，芙蓉街的中和园、北渚楼、海山居，百花洲的百花楼，王府池的凤翥楼，金菊巷的福庆楼等酒楼相比，环境最幽雅舒适。“雅园坐地最佳，薄有园亭，可资散步。闻为某氏别墅，先期定座，偕三五友人，作竟日之聚，亦自有致，惟肴馔则市诸各酒楼。”这里花木葱茏，庭院深深，室内屏风绣帘，墙上挂着四季花卉的四扇屏，上写“春暖桃花遍地红”“夏绿荷叶满池中”“秋至丹桂香千里”“冬雪寒梅伴青松”。屋内一应是木藤竹制餐桌，茶具、食具、酒具都是一色的鸡红釉竹节瓷器。没有厨房，肴馔需要其他酒楼供应。

民国初年，雅园有了灶厨，鲁菜名厨寇传华的父亲在此掌勺，成了饭馆兼做茶馆。雅园经营鲁菜，菜品丰富多样，档次颇高。在制作美蔬菜肴上，以大明湖所产的菜为最佳，有白糖莲子、蒲菜海米、炸荷花、葱爆海参、糖醋鲤鱼、九转大肠、大烧鱼、烤乳猪、宫保鸡丁、爆双脆、炒腰花、干炸虾仁、奶汤蒲菜、奶汤茭白、清汤燕菜等菜品。来雅园就餐的多是南来北往游大明湖的游客，司家码头是乘船游湖的集散地，食客自然多。

1922年7月，中华教育改进社第一届年会在济南召开，历史学家韦润珊与柳诒徵、竺可桢、白眉初、王伯秋等学者游览了大明湖。韦润珊记述了在雅园用餐之情形：“雅园边大明湖，风来水上，汗气顿消。饮清茶一杯，即以二元‘自磨刀’。自磨刀者，济南之通用语也，给以洋二元，肴膳一听堂倌之支配。四盘八菜，清冽可口，而鲜胡桃与芹菜同吃，觉别有一番风味焉。”

同年10月，胡适到济南参加全国第八届教育会联合会会议。12日，胡适从司家码头上船去大明湖游玩，中午又回到司家码头，在雅园吃午饭。胡适每一次来济南，几乎都去雅园吃饭。

1923—1926年间，诗人臧克家曾在济南省立第一师范学校读书，他曾这样记述雅园：“大明湖里，荷花中间，有不少蒲菜，挺着嫩绿的身子。逛过大明湖的游客，往往到岸上的一家饭馆里去吃饭。馆子不大，但有一样菜颇有名，这就是蒲菜炒肉。”张宗昌督鲁期间，雅园易主，易名为庆升平，其馄饨最为出名。但没过几年，庆升平也闭门歇业了。

在司家码头吃大明湖的物产，看大明湖的美景，听大明湖的故事，就无怪乎人称这里是“乐境小乾坤”了。

毛二巷的怪事

明末某年的六月初一，毛二巷中响起一阵男人的哭声，凄切悲戚，令人心头一紧。巷中早已没了人影，家家关门闭户，顽童们躲在衣柜里瑟瑟发抖。哗啦一声巨响，巷中一处人家的院墙轰然倒塌。听见动静，躲在屋里的人们稍稍安心，紧绷着的嘴里吐出一口浊气。

东花墙子街，毛二巷就在附近

这，是明代文学家王象春笔下的一桩怪事。

毛二巷，是过去百花洲西南处的一条小街。该街原位于明代德藩王府西北，与济南府学文庙相去不远，今已不存。这桩鬼事，就始自德王府的兴建。

德王府是明代德藩王居住的地方。明天顺元年

（1457），明英宗朱祁镇复辟即位，复立长子朱见深为太子，同日封其余四子为德、秀、崇、吉四王，德王为朱见潾。朱见潾（1448—1517）原名朱见清，为英宗次子、明宪宗朱见深异母弟，母宸妃万氏。他初封德州，但因德州地方贫瘠，以风沙过大为由，奏请改封济南，然而这一请求却未得到英宗朱祁镇的批准。直到成化元年（1465），明宪宗朱见深继承皇位后，始准德王改驻济南，并把已废齐王、汉王在东昌、兖州的邑地及济南府属的白云、景阳、广平三湖之田赐给了朱见潾。于是，他在济南城内大兴土木，将原山东都指挥司署迁走，开始修建德王府。成化三年（1467），朱见潾来济南就藩，住进了德王府。

德王府，最初是济南公张荣的府邸旧址。王府规模宏大，建筑豪华，为明季济南城中最大的建筑群。它东至县西巷，西至芙蓉街，南至今泉城路（原院东大街、院西大街），北至后宰门街。据乾隆《历城县志·故藩》记载："德（王）府，（在）济南府治西，居会城中，占（城）三之一。"

德王府，亦称"德藩故宫"，王府内建有三座大殿，分别称名为承运殿、圜殿和存心殿，并建有正宫、东宫、西宫。德王府下设长史司、审理所、仪卫司、群牧所、纪善所、典宝所、典膳所、典仪所、奉祀所、工正所、良医所等机构，均驻王府内。

王府周围有两丈多高的宫墙，府前立有高大的牌坊，坊额题字"钦承上命""世守齐邦"。宫院四面各辟宫门，各门前均有牌坊。正门外有一座砖砌的影壁，影壁后有半圆形围墙，东、西各开一门，即东辕门和西辕门，以供人出入。德王府内的珍珠泉和北面的濯缨湖为西苑，珍珠泉上建有渊澄阁，阁后为孝友堂和燕居斋。那时元人所建的白云楼已塌毁，朱见潾又在旧楼的废基上修建了濯缨轩，并在濯缨湖北岸堆修假山。濯缨湖汇聚珍珠、散水、溪亭诸泉之水而成，当时广数十亩。湖水自南而北，绕过假山，而后流出宫墙。湖中可泛舟，湖水荡漾，云影入波，景色秀丽。

此外，朱见潾在大院内还开凿了玉带河，与今大院以西的曲水河（也称梯云溪）沟通，营造了画舫，供他及其嫔妃们在濯缨湖游乐；出有香车骏骥，嬉

百花洲（摄于2011年）

有画舫轻舟。登高远望，南观青山叠翠，北眺黄河闪银，俨然京畿外的皇宫御苑。德王无参政之劳，终日沉溺在声色犬马之中，朝朝宴舞，日日笙歌，尽享人间富贵荣华。他曾在濯缨湖上赋诗一首：“印月池头月正明，主人曾此濯冠缨。肯夸风景殊人世，却爱源流合圣清。”据此，这位皇子独霸湖泉后的得意之情可见一斑。

当时，德王府大院西北缺一角。据说，此处原为居民毛氏之宅，德王为扩大王宫，以巨款买毛宅，毛氏不受，贵贱不卖。这激怒了建造王府的官员，他把毛氏的儿子抓进王府，毛二自刎而死（一说投湖）。有关官员把这件事汇报给了德王，德王让人将王府的西北角省去，以示过失，好俭不奢。

这条巷子，后来就被命名为毛二巷。传说，毛二的冤魂不散，每到六月初一，毛二的冤魂必哭嚎不止，不出几天，街上肯定有院墙崩塌。所以当时就有了个习俗：每逢六月初一毛二忌日，附近居民聚集湖上划船摆贡，以慰藉毛二的冤魂。

后来，在百花洲畔筑问山亭居住的王象春记载了这一传说，并为毛二写了一首诗，诗云：“咸阳官阙已成尘，毛二蜗居可认真？鬼哭城崩当六月，几时秋雨灭青磷。”“咸阳官阙”即隐示德王宫殿。“青磷”是指人和动物尸体腐烂时分解出的磷化氢，常在夜间田野中自燃，光焰呈青绿色，民间俗称为“鬼火”，这里喻指毛二的怨气。他认为“匹夫痴鬼结怨不散”，故“以诗偈度之”。

明崇祯十二年（1639），清兵攻占济南城，德王府被焚毁，王府眷属或俘或逃，终算是给命苦的毛二报了仇。清代康熙五年（1666），山东巡抚周有德在德王府旧址修建山东巡抚衙门，其面积较德王府相比已大大缩小。

就在周有德修建巡抚衙门之时，又出了一件怪事：

工匠中有一人名叫冯明寰，是个木匠，平日就住在工地。一夜，他刚刚就寝，忽见窗子半开，窗外月光通明，像白天一样。远远望见一堵短墙上立着一只红鸡，正凝目注视间，红鸡已从墙上飞掠下地。一会儿，便有个美丽的少女，从窗子外露出半个身子往屋里窥视。冯木匠怀疑是哪个同行私通的女人，便假装睡着，竖起耳朵听着动静。这时，屋里的人都已睡熟了，冯木匠一下子起了私心，心也怦怦地跳起来，暗暗希望少女误走到自己睡的地方来。不长时间，少女果然从窗子跳进来，径直投入冯木匠的怀里。冯木匠大喜，默不作声，一会事毕，少女自己走了。

从此后，少女每夜必到。冯木匠起初还隐瞒着，后来便问少女是不是找错了人。少女说：“不是的，我敬慕你的为人，所以以身相许。”不久，巡抚衙门修建完毕，冯木匠要回去，少女已在旷野中等候。冯居住的村子本来离郡城不远，少女便跟他回到家中。进入家门，家里的人都看不见少女，冯木匠才知道她不是人类。

过了几个月，冯木匠精神委顿，憔悴不堪，心里越发害怕起来，请来法师镇邪驱鬼，还是一点用也没有。一夜，少女盛装来到，对冯木匠说：“缘分都有天数，该来的推也推不走，该去的留也留不住。从此后我和你永别了。”说完便走了。

这个传说，后来被蒲松龄收录在《聊斋志异》中。

冯木匠参与建造的这座衙门，民国时期先后被改为都督府、督军公署、山东省政府驻地。1937年，韩复榘弃城逃跑时纵火焚烧，唯巡抚院署大堂幸存。新中国成立后，为省人大驻地。

当毛二的哭声散尽，回过头来，我们再来说当年德王府为何缺少西北角。明代的德王府占地面积非常大，这就导致北城一带东西向交通非常不便。德王府的西北角之外是府学文庙，在儒家文化一统天下的古代社会，不可能为了建王府去拆除文庙。于是，王府的营造者们将王府的西北角省去，留下了一条夹在王府和文庙之间的斜向道路，这就是毛二巷。人们可以方便地从百花桥街（今后宰门街）经毛二巷走到文庙及藩台衙门。

毛二巷的位置，大体位于今百花洲西南方的东花墙子街、辘轳把子街及库门里街一带。

第五章

鹊华桥外美人绝调

『家家泉水，户户垂杨』的说法源于《老残游记》一书。《老残游记》是一本小说，又不仅仅是小说，它随着老残在游历中的见闻，展现了清末山东的社会生活。这其中，自然少不了百花洲。

1886，明湖居的书曲声

明湖居，位于百花洲北岸、鹊华桥以西，创建于光绪初年。明湖居最初是茶园，演出书词，1910年后演出戏曲，是清朝末年济南仅有的两处旧式戏园中的一处（另一处为鹊华桥附近的鹊华居），1937年歇业。

明湖居“搭板为台、芦席为蓬”，建筑非常简陋，但四周风景绝佳。清末宋恕在《大明湖记游》里记述道：“又至鹊华桥西明湖茶居茗坐。此茶室东、北两面临流水，一带秫篱，其西北湖面荷花甚盛，即贡院东也。桌登皆旧，柱亦未加工之木料，然殊清凉萧远。北栏干外有老柳二株颇好，惜非垂者。”在这种自然的景观中听书，那必然是绝佳的享受了。因其美好，“明湖湖边美人绝调”就理所应当地发生在了这里。

“明湖湖边美人绝调”是小说《老残游记》第二回中的一节，记述了明湖居的一次大鼓书演出。显而易见，小说创作的核心技法是虚构，可以凭空虚构出人物和情节，但大多都是在现实生活的基础上稍做加工的。在《老残游记》里，许多地点和事件都源自现实。

百花洲街区的建筑

《老残游记》的主人公是一个被人称作“老残”的江湖医生铁英，他谢绝了别人的再三挽留，“要往济南府去看看大明湖的风景”。老残作为江湖医生，出门自然要有一身游医的行头——扛着一个写了“妙手回春”的布幌，另一只手摇个招揽顾客用的串铃。这一派江湖打扮并没有给老残增加太多的职业自觉，途中只顾了游山玩水——“一路秋山红叶，老圃黄花，颇不寂寞。到了济南府，进得城来，家家泉水，户户垂杨，比那江南风景，觉得更为有趣。”

老残在小布政司街，也就是现在的省府西街、省府东街觅了一家名叫“高升店”的客栈住下。一早，老残喝了碗甜沫，胡乱吃了个芝麻烧饼，便带着行头上街转悠了。济南城内医馆、郎中众多，老残自然知道招徕不到多少生意，他带着这行头上街不过是去游玩一番，顺便“虚应一应故事”罢了。

大约中午时分，老残溜达到鹊华桥。鹊华桥的北边是一个码头，老残雇了一艘小船，去往大明湖北岸，一路游览了历下亭、铁公祠、水仙祠，又看了那鼎鼎有名的佛山倒影，这才掉船原路返回。返程途中，“两边荷叶荷花将船夹住，那荷叶初枯，擦的船嗤嗤价响；那水鸟被人惊起，格格价飞；那已老的莲蓬，不断的绷到船窗里面来。”老残看着四面无人，随手摘了几个莲蓬，掰开了吃着，两个莲蓬没吃完船就已到了鹊华桥畔。

老残从鹊华桥往南，顺着百花洲向小布政司街走去。不经意间，见墙上贴了一大张黄纸招贴，上面写着“说鼓书”及“二十四日明湖居”等字。老残不得要领，一边走，一边踅摸：这“说鼓书”是个什么玩意？说书就罢了，怎么还有“鼓”呢，别处没见过啊。老残正胡乱想着，两个挑担子的游商在他身边路过，边走边说：“明儿白妞说书，我们可以不必做生意，来听书罢。”再往前走，老残路过一家铺子，只听柜台上的伙计也在说这事：“前次白妞说书是你告假的，明儿的书，应该我告假了。”一路走来，做买卖的、赶脚的、闲聊的，街上大半都是在说这事。老残诧异：“白妞是何许人？说的是何等样书，为甚一纸招贴，便举国若狂如此？”

回到高升店中，正赶上茶房询问要晚饭，老残顺口问道：“你们此地说鼓书是个什么玩意儿，何以惊动这么许多的人？”茶房说：“客人你不知道，这

高升店（摄于 1945 年）

说鼓书名叫‘梨花大鼓’，原本是山东乡下的土调，用一面鼓、两片梨花简，演说些前人的故事，本来也不稀奇。但自从王家出了这个白妞、黑妞姐妹两个，那就不一样了。这白妞名字叫作王小玉，天赋异禀，十二三岁的时候就学会了说书的本事。她嫌这乡下调儿没特色，就常到戏园里看戏，什么西皮、二簧、梆子等唱腔，一听就会；什么余三胜、程长庚、张二奎等人的调子，她一听也会唱。又把那南方昆腔、小曲的种种腔调，都拿来装在这大鼓书的调儿里面。仗着她嗓音亢，中气长，不过二三年的工夫，就自创了现在这个曲调，竟然让无论南北高下的人，听了她唱书俱都神魂颠倒。今天这广告贴出来了，明儿就开唱，您老去听一听就知道了。只是有一节，您要听就要早去，虽是一点钟开唱，但一般十点钟去就没有坐位了。”茶坊伙计口若悬河地说了半天，老残心说这都是着了什么道，哪有这般厉害的人物。余三胜、程长庚、张二奎那是“三鼎甲”，是小姑娘能学得来的么。老残听着不以为然，匆匆吃过晚饭就睡了。

第二天，老残早上六点就出了门，他先看了南门里的舜井、舜庙，又出南门到千佛山脚下，看了传说中虞舜耕田的地方。回到高升店时，已经九点多了。虽然说着不信，但老残心里却是好奇得紧。急匆匆地吃了点饭，依着茶房说的，十点钟就到了明湖居候场。

那明湖居是个大戏园子，草草地用木条定了个屋架，四周用芦苇围了起来，戏台是用木板搭起来的。老残进了园子，戏台前有一百多张桌子，早已坐满了人。中间七八张桌子还空着，却都贴着“抚院定”“学院定”之类红纸条儿，那是衙门口的大老爷们早就定下的VIP。老残寻了半天也没找到空位，后悔没把小二的话当回事，早来一步也不至如此。只好给看座儿的塞了二百个钱，换了一张小板凳，在人缝空里坐了下来。

老残伸着脖儿往台子上瞧，见戏台上空空荡荡，只摆了一张半桌，旁边竖依着一把三弦，后面放了两张椅子。桌子上放着一面板鼓，鼓上放了两个铁片儿，这就是茶房说的“梨花简”了。除此之外别无他物。台板上空无一人，台下却满满当当坐满了人，这些早来的看客任谁都不敢轻易离开，生怕屁股一挪窝就被人占了座位去。人群中还有十来个顶着篮子的伙计，卖的是烧饼夹油条，是给不吃饭就来候场的看客们充饥的。这期间不断有人来，也是同老残一样，多花了二百钱找看座儿的要了张短凳，安插在人群夹缝中。候场的人们高谈阔论，叽叽嘎嘎地在那里说着闲话，声音汇集到一处，呜呜咽咽地也听不清楚对方说的什么，自顾说自己的。十一点多钟，衙门口订座的老爷们着了便衣，带着家人，陆续乘轿来到明湖居候场。十二点不到，中间的几张空桌也坐满了，整座明湖居里全是人。

老残就这么堪堪坐了两个多钟头，一直挨到十二点半，台子上终于有了动静。后台门帘一挑，从里面慢慢悠悠走出来个男人，“穿了一件蓝布长衫，长长的脸儿，一脸疙瘩，仿佛风干福橘皮似的，甚为丑陋，但觉得那人气味倒还沉静。”这人出来也不言语，也没有多余的动作，自顾慢条斯理地踱到半桌后面，在左手一张椅子上坐下。一手拎起三弦，调了调音，随意弹了两段小调，人们也不去听他。后来又弹了整段，台下的人也不闲聊了，纷纷侧着耳朵去听，也不知道叫什么曲牌子。弹到高潮处，全用轮指，用同样的拍子急速反复地奏同一个音，“抑扬顿挫，入耳动心，恍若有几十根弦，几百个指头，在那里弹似的。”台下连连叫好，却也压不下那弦子的声音。弹罢这曲，这人就又蔫了下去，耷拉着眼皮坐在那里喝茶。

又过了一会，后台出来一个十六七岁的姑娘，鸭蛋脸儿，梳了一个抓髻，戴着一副银耳环，穿了黑布镶滚的蓝布外褂儿跟蓝布裤子，捯饬得十分洁净，这就是黑妞了。弦师又把三弦拎起来，定了定音，自顾弹了起来。黑妞左手取了梨花简，应着弦子的声音叮叮当当地敲着，右手拿着鼓槌子，凝神听着弦子的节拍，“忽羯鼓一声，歌喉遽发，字字清脆，声声宛转，如新莺出谷，乳燕归巢，每句七字，每段数十句，或缓或急，忽高忽低；其中转腔换调之处，百变不穷，觉一切歌曲腔调俱出其下，以为观止矣。”

黑妞唱完就下场了。院子里顿时又热闹起来，谈心的、说笑的，卖瓜子、花生、山里红高声叫卖的，满园子都是人声。老残正琢磨着跟邻桌闲聊几句，却见后台半低着头出来一位姑娘，年纪有个十八九岁，白净面皮，瓜子脸儿，装束与黑妞一样。老残看她不过是一般相貌，却觉得秀而不媚，清而不寒，这就是白妞了。白妞把梨花简敲了几下，虽然是两片顽铁，但到她手里就像有了五音十二律似的那么有节奏。又将鼓槌敲打了两下，这才抬起头来向台下看去。“那双眼睛，如秋水，如寒星，如宝珠，如白水银里头养着两丸黑水银，左右一顾一看，连那坐在远远墙角子里的人，都觉得王小玉看见我了；那坐得近的，更不必说。”就这一眼，满园子里顿时鸦雀无声。

白妞轻启朱唇，只唱了几句，就已经让老残觉得有说不出来的妙境了——“五脏六腑里，像熨斗熨过，无一处不伏贴；三万六千个毛孔，像吃了人参果，无一个毛孔不畅快。唱了十数句之后，渐渐地越唱越高，忽然拔了一个尖儿，像一线钢丝抛入天际，不禁暗暗叫绝。哪知他于那极高的地方，尚能回环转折。几啭之后，又高一层，接连有三四叠，节节高起。恍如由傲来峰西面攀登泰山的景象：初看傲来峰削壁千仞，以为上与天通；及至翻到傲来峰顶，才见扇子崖更在傲来峰上；及至翻到扇子崖，又见南天门更在扇子崖上：愈翻愈险，愈险愈奇。那王小玉唱到极高的三四叠后，陡然一落，又极力骋其千回百折的精神，如一条飞蛇在黄山三十六峰半中腰里盘旋穿插。顷刻之间，周匝数遍。从此以后，愈唱愈低，愈低愈细，那声音渐渐地就听不见了。满园子的人都屏气凝神，不敢少动。约有两三分钟之久，仿佛有一点声音从地底下发出。这一出之后，忽又扬起，像放那东洋烟火，一个弹子上天，随化作千百道五色火光，纵横散乱。这一声飞起，即有无限声音俱来并发。那弹弦子的亦全用轮指，忽大忽小，同他那声音相和相合，有如花坞春晓，好鸟乱鸣。耳朵忙不过来，不晓得听哪一声的为是。正在撩乱之际，忽听霍然一声，人弦俱寂。这时台下叫好之声，轰然雷动。”

白妞唱罢，黑妞又上来说了一段。接着换白妞又上场，唱了一段“黑驴段”。“其妙处，在说得极快的时候，听的人仿佛都赶不上听，他却字字清楚，无一字不送到人耳轮深处。”

白妞唱罢，已经是五点钟光景了，老残听书这一段故事到这里就结束了……

小说中的这段故事，不仅演出地点明湖居是真实的，里面所写的黑妞、白妞唱鼓书也是实打实的真人真事。甚至，老残听书这段故事，也是源自作者刘鹗在明湖居的亲身经历。

《老残游记》的作者刘鹗

1925年，胡适在《老残游记》序言中说过这样的话：“刘鹗先生一生所做四件大事，一是河工，二是甲骨文的确认，三是开山西煤矿，四是贱买太仓米赈济北京难民。”这第一件事就是在山东治理河工。光绪十四年（1888）黄河决口于郑州，刘鹗先是投效河督吴大澄，后在山东巡抚张曜手下协助治河。后因治河有功，声誉大起，被保荐以知府任用。刘鹗在做幕僚期间，没少在明湖居里听黑妮、白妞的鼓书。小说中“明湖湖边美人绝调”这节的描述太过真实，究竟哪部分是虚构，哪部分是现实，怕是连刘鹗自己也难以分清了吧。

白妞、黑妮，不落幕的人生

在20世纪二三十年代，西方人开始接触中国近代小说，最早触摸到的就是刘鹗的《老残游记》。1929年，小说《老残游记》第二回关于黑妞白妞说书的片段被选译为《歌女》（The Singing Girl），发表在《亚洲》（Asia）杂志11月号上，译者是亚瑟·韦利（Arthur Waley，1889—1966）。《老残游记》中最精彩、最为知名的篇章无疑就是这段文字，刘鹗运用“烘云托月”的手法，表现出层峦迭现的优美乐声，它曾被选入中学语文教材，影响了几代孩子。而这一故事的发生地，就在百花洲畔的明湖居。

除了地点是真实存在外，在刘鹗的这段故事中，还记录了三个现实中真实存在的人物：白妞、黑妞、谢其荣。就是他们当年在明湖居里的一场演出被刘鹗记录并写入小说，成了永恒经典。

讲到这三个人，就不能不从山东大鼓的起源讲起。山东大鼓最早叫作“犁铧大鼓”，再早，也就是清末民初那会儿，叫作“鼓词”“鼓书”。常设场于茶寮市集，一人弹三弦伴奏，一人执铁板、皮鼓，唱七字曲，“从而和之，老幼男女不等，长短高下，自有节奏，仿佛京都之大鼓书、津门之莲花落者。”最初，济南是没有这种曲艺形式的，它起源于鲁西北、冀南一带的农村，兴盛于京杭大运河沿岸的临清一带。

据说，犁铧大鼓以郭大妮为最早。郭大妮，据说为武定府人，其本名不详，郭大妮是她的艺名。清同治十年（1871）秋，郭大妮及其同伴来到济南演出，在西关外的街市上支了一个彩棚，成为有记载的第一个进入大城市演出的犁铧大鼓艺人。数年后，又有名为黄大妮的大鼓艺人来济南撂地演出，未几，又回到了原籍临清。黄大妮的姨妹名为王小玉，也工于此，这个王小玉就是小说中提到的“白妞”。

白妞，本名王小玉，字雪官，山东郓城人，自小学艺，十二三岁时就学会了说书的本事，随父亲在临清市肆演出，演唱梨花大鼓。清末师史氏所著《历下志游》中记录了16岁时的王小玉的样子：“眉目姣好，低头隅坐，楚楚可怜。歌至兴酣，则又神采夺人，不少羞涩。”王小玉天资颖悟，聪明好学，她大胆吸收皮黄、梆子、昆曲及临清小曲和众多艺人的新腔新调，改编新词，丰富、改造了原来的曲调，使原犁铧大鼓的行腔曲调呈现出了新的韵味，因而吸引了各阶层的听众。正如《老残游记》中所言，“他却嫌这乡下的调儿没甚么出奇，他就常到戏园里看戏，所有甚么西皮、二簧、梆子腔等唱，一听就会……又把那南方的甚么昆腔、小曲，种种的腔调，他都拿来装在这大鼓书的调儿里面。不过二三年工夫，创出这个调儿，竟至无论南北高下的人，听了他唱书，无不神魂颠倒。”

大明湖南门码头

黑妞是白妞中表妹妹，她的大鼓是白妞教的。这一点，《老残游记》中也提到过："这人叫黑妞，是白妞的妹子。她的调门儿都是白妞教的，若比白妞，还不晓得差多远呢！她的好处人说得出，白妞的好处人说不出；她的好处人学得到，白妞的好处人学不到。你想，这几年来，好顽耍的谁不学她们的调儿呢？就是窑子里的姑娘，也人人都学。只是顶多有一两句到黑妞的地步。若白妞的好处，从没有一个人能及她十分里的一分的。"

光绪十年（1884）前后，白妞、黑妞离开临清来到济南，在鹊华桥的明湖居、趵突泉的四面亭演唱。郭则澐所写的《十朝诗乘》中记载："光绪中，游济南者盛称白妮、黑妮。二妮具业说书，白妮王姓，名小玉，字雪官，与黑妮为中表姊妹，年相若而白貌较姝。每登场，坐客常满，珠喉一引，万口皆赞。"与刘鹗同时期的鼓词作家李葆恂（凫道人）在《旧学盦笔记》中也写道："光绪初年，历城有黑妞、白妞姊妹能唱贾凫西鼓词儿。尝奏技于明湖居，倾动一时，有红妆柳敬亭之目。"柳敬亭是明末著名的说书人，许多曲艺形式都尊其为创始人，而王小玉被誉称为"红妆柳敬亭"，其技艺之精湛自可想见。刘鹗自己对明湖居听书这段描写十分欣赏，他曾写道：“王小玉说书，为声色绝调；白炼生著书，为文章绝调。”李葆恂也看过刘鹗的《老残游记》，他认为：“《老残游记》摹写其歌时之状态，亦可谓曲尽其妙，然亦只能传其可传者耳。其远韵，弦外有音，虽师旷未必能聆而察之，腐迁未必能写而著之也。”王小玉的演唱绝非文字可完整记录的。

在《老残游记》的那段故事中，还有一位“长长的脸儿，一脸疙瘩，仿佛风干福橘皮似的，甚为丑陋，但觉得那人气味到还沉静”的人物，这位弦师的戏份并不重，但也十分出彩——“抑扬顿挫，入耳动心，恍若有几十根弦，几百个指头，在那里弹似的。”不难想见，白妞、黑妞的精彩演唱少不了这位技艺精湛的弦师，他就是著名的弦师谢其荣。

谢其荣（1860—1926），武城县人，是邢台“五大山”之一临西吕连山的高徒，弦师名家范其凤的师弟，山东大鼓“四大玉”之首的谢大玉的父亲。谢其荣演奏技艺精湛独到，“不催不坠，演唱时似坐轿中”，人称“神手谢老化”。谢其荣的师承流派属于“孙赵门”。过去唱大鼓书的在北方几省为“梅、清、胡、赵”四大门，西河调儿与怯口大鼓的都是这四门的；而在黄河南则为“孙、财、杨、张”四大门，犁铧调儿、山东大鼓都是这四门中的。孙家门的赵大支派流传下来的，自称为“孙赵”门里的人，是孙家门赵姓传下来的支派。

连阔如在20世纪30年代所写的《江湖丛谈》中曾提到过谢其荣，并记述了一段谢其荣关于犁铧大鼓来源的谈话：“据说起谢其荣这个人，凡是江湖艺人差不多都认识他的，他在孙赵门里算是辈数最高的……当其在平时，敝人向其讨论山东犁铧大鼓的源流，据谢谈，犁铧调儿是柳敬亭传的。柳敬亭原名逢春，明朝泰州人，本姓曹，年十五岁时，犷悍无赖，因殴伤多人，躲避仇人，流落江湖，休于柳下，善说书。据他自称，学技于云间莫后光。以养气、定词、审音、辨物为揣摩，使闻者欢笑，久而忘倦。复入左良玉幕府，左良玉失败后，交游于松江马提督军中，后因未能得志，数返泰州，与本乡赵姓富户甚厚，住其家。当大秋丰收，农工劳顿，所操之事甚微，柳敬亭先生用耕地所用的破犁片两块当作板儿，一手击案，一手敲犁，唱曲颇可动听。农工操作，闻歌忘劳。有人间先生所歌为何调，柳称为‘犁铧调儿’。时人皆争而习之，自此犁铧调儿泰州无人不会。柳故后，犁铧调儿即普遍鲁省了。今有人传‘山东大鼓’为‘犁铧调儿’，实是谬谈。犁铧大鼓原用耕地破犁片为板，今人改为钢板，复书‘犁花大鼓’实是可笑。敝人问谢先生，柳敬亭之犁铧大鼓有何考证？谢答：无书可考，据我们‘柳海轰儿’的老前辈所传吧。”据谢其荣所说，“犁铧大鼓”的源流是柳敬亭先生流传的，评书南北两支派，亦为柳敬亭所传。

“犁铧大鼓”究竟是不是柳敬亭所创尚待推敲，但谢其荣给“红妆柳敬亭”做弦师，却是实打实的。据谢其荣的女儿谢大玉、徒弟李长林讲，谢其荣曾在明湖居为白妞、黑妞弹弦，得白妞演唱精髓。随后，谢其荣将这些曲调传授给自己的女儿谢大玉，谢大玉正是因此学得王小玉真传，演唱风格颇有白妞风范。谢大玉十二岁时就名动一时，后来到济南在趵突泉、明湖居等处演唱，弘扬和发展了王小玉的艺术风格，成为“南口”梨花大鼓“四大玉”（即谢大玉、李大玉、赵大玉、筱艳芳）之首。济南的曲艺就是这样不断延续，逐渐发展成为“曲山艺海”的。

回过头来，再来看白妞、黑妞后来的结局如何。刘鹗在《老残游记》书中没有点明，贾凫西《旧学庵笔记》中曾引录光绪朝任湖北、江苏巡抚和两江、直隶总督的端方在贾凫西所绘《明湖秋泛图》的画上题诗：“黑妞已死白妞嫁，肠断扬州杜牧之”。白妞、黑妮的结局，正是旧社会许多红女艺人所经历的。人生，自然不会是一场永不落幕的演出，而白妞、黑妮在明湖居的演出，却因《老残游记》得以永不谢幕。

梦湘先生：“白妞”的铁杆粉丝

小说，自有虚构的成分，但也不全然都是虚构。《老残游记》中就记述了这么一位在明湖居里听书的“梦湘先生”——白妞的铁杆粉丝，就是位实打实的现实人物。

《老残游记》第二回中有这么一节：在明湖居里，黑妞开场小唱之后，白妞王小玉压轴出场，一曲演唱终了，“台下叫好之声，轰然雷动。停了一会，闹声稍定，只听那台下正座上，有一个少年人，不到三十岁光景，是湖南口音，说道：当年读书，见古人形容歌声的好处，有那‘余音绕梁，三日不绝’的话，我总不懂。空中设想，余音怎样会得绕梁呢？又怎会三日不绝呢？及至听了小玉先生说书，才知古人措辞之妙。每次听他说书之后，总有好几天耳朵里无非都是他的书，无论做什么事，总不入神，反觉得‘三日不绝’，这‘三日’二字下得太少，还是孔子‘三月不知肉味’，‘三月’二字形容得透彻些！旁边人都说道：‘梦湘先生论得透辟极了！与我心有戚戚焉！’”

王以慜书法

从刘鹗的记述中，我们可以知道当年在明湖居高谈阔论的这位“梦湘先生”，“不到三十岁光景，是湖南口音”。若按着这个条件去寻人，可谓大海捞针；但与其相熟的人看了这段文字，则如探囊取物般简单。1941年7月1日出版的《中和月刊》杂志第二卷第七期上发表了一篇名为《明湖客影录》的文章，介绍了济南大明湖畔文人过客的琐事。该文中说：“数明湖第一词流过客，必曰王梦湘。梦湘，湖南武陵人，名以慜，翁之姑丈，以词林作郡江西，诗名满天下，国变后自署曰‘古伤’者也。其始客济南，在少年，于当时说书之黑白妞有殊眷。《老残游记》传其事，写其听罢神移，只露‘梦湘’二

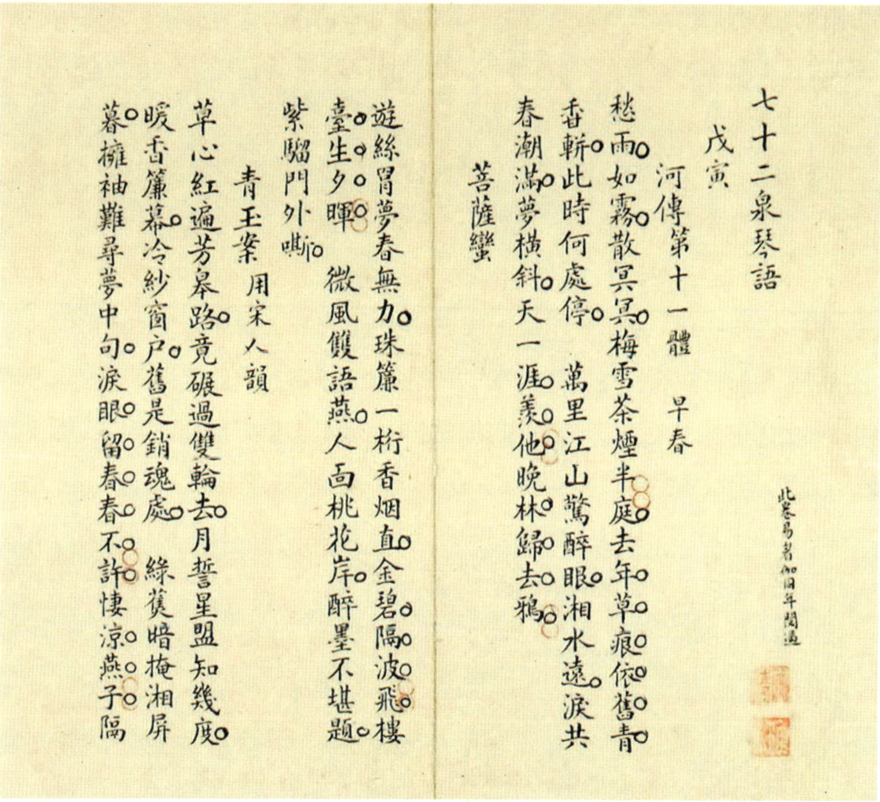

王以慜撰《七十二泉琴语》

字，读者多不知何人。生有诗云：‘济南泉水女儿喉，写入浮踪动九州。不有老残工妙笔，何人识得梦湘愁！’为此事咏也。”这篇文章的作者是曾客居济南的教育家、诗人孙松龄，据他爆料，《老残游记》里写的那个“梦湘先生”就是湖南人王以慜，孙松龄称他为“明湖第一词流过客”，当年他对“黑白妞有殊眷”是举世皆知的。

王以慜，字子捷，号梦湘，清末诗人。《清词选》称当时“湘中三王：经史王先谦，骈散文王闿运，词曲则推以慜”。王以慜自幼就对诗词有浓厚的兴趣，曾与济南好友成立诗社，相互唱和。他酷爱山水，“生长齐鲁，攀跻泰岱，历秦陇，南登罗浮，皆见于诗。及官南康，又尝榷九江，时时游庐山，探讨幽险，人所来往，得诗数百首”。人们称赞他的诗，天骨开张，才思横溢，深隐似杜少陵，婉转近白香山。词则追宗姜白石，务为清邈。又喜集唐人句为七律，巧合无垠，读者往往叫绝。

清咸丰五年（1855）乙卯六月十四日，王以慜出生于湖南武陵（今常德市）。王出身于书香门第，一家都是举人出身，其祖父王德宽，字实樵，嘉庆十八年（1813）癸酉科举人，二十五年庚辰科进士，历任嵊县、德清、归安知县，擢升海防同知，咸丰三年（1853）来到山东任职，曾先后署济南府同知，东昌府、曹州府知府，终刑部员外郎。其伯父王成谦，字伯尊，道光二十六年（1846）丙午科举人，二十七年丁未科进士，咸丰七年（1857）以后，历任禹城、孟县、费县知县，因战功擢升道员，加布政使衔；其父王成升，字仲允，号吉阶，咸丰元年（1851）辛亥科举人，曾任知县。因为长辈长期都在山东任职，所以济南成了王以慜的第二故乡。

檗塢詩存別集題辭
不有文章供塊磊未應才調託綢繆當年楚兩合情事
說與詞人總淚流
分明字字著深愁卻被君家一例收異代心思顛倒合
那堪哀豔各千秋
我亦消魂不自由新詩斷送日悠悠此情已分無能語
況是西風況客游
瑟瑟煙塵黯九州論文今日孰吾儔紅樓珠箔寧珍重
此調傷心不再留

王以慜《檗坞诗存别集》

据说，王以慜出生的时候，他的父亲梦见神人授玉一方，说道：“此楚宝也。”什么意思呢？大家都知道中国历史上最具传奇色彩的和氏璧吧，秦昭王“愿以十五城请易璧”，秦始皇命宰相李斯篆文做传国玺，这个“楚玉”就是指的这个。神仙给他爹一个传国玉玺，这还得了，亏得已是清末乱世，否则熬不到民国就得挂了。王以慜是怀揣着“楚玉”出生的，但他命途多舛，生活远没想象中那么美好。

1860年，王以慜的父亲于升调太原的次年死于任上，这一年王以慜六岁，他先是随母迁居山东费县，后投靠伯父成谦迁居济南，与其兄王以慸都是由伯父王成谦抚养成人的。王以慜自幼聪慧。13岁时《赋中秋》一诗，大得伯父赞赏，“自早岁才名籍甚一时”。同治十二年（1873），19岁的王以慜参加癸酉科顺天府乡试中举，此后科场失意，一连七次参加会试，皆落第。而他的伯父王成谦也在他中举不久之后就去世了。他的哥哥王以慸在光绪元年（1875）中举，但第二年就死掉了。从此，王以慜失去了宗族的庇荫。光绪四年（1878），为了糊口，他应邀到沂州任教。九年，参加会试，因举子中徇私舞弊者与龙阳易顺鼎等人“以言事贻书朝贵，卒中所忌，至举国目为狂生”，并丢掉教习差事。光绪十四年，郑州段黄河决口，入新任河督吴大徵幕。决口合龙后，又回济南入山东巡抚张曜幕，以求斗升之禄。王以慜在济南的熟人多，讨生活比较容易，犹幸际法越事后，海内苟安无事，得以其暇，放浪乎明湖之滨，徜徉乎鹊华诸峰之下”。

他一生有很长时间在济南度过，直到三十五岁才离开济南。他在济南时，常与诗朋文友聚集唱和，留下不少佳篇。吴庆涛在《鲛拾集·序文》里说他在济南时：“年方少壮，所与游多老苍才杰，意气甚盛……每游燕，丝管尊罍，酒酣赋诗，虽沦落天涯，而未尝无朋友文字之乐。”《晚晴簃诗汇》所附《诗话》也曾说过：“梦湘早岁客游山左，酒边扇底，多缘情绮靡之作。中年以后，诗思壮阔，声调益高。少与易实甫齐名，诗境亦略相似。”

光绪十六年（1890），三十六岁的王以慜考中进士，改庶吉士，授翰林院编修，留京任职充。二十年，任甲午甘肃乡试的正考官，后为御史，官京邸八年。在京期间，王以慜的夫人陈淑人病逝，长子传经和儿媳朱氏、孙子慎儿相继而殁。1899年他离京改任江西知府时，题了一阕《少年游》，题记说：“计自庚午应京兆试，弹指已三十年。婚宦两乖，妻孥俱丧。道出唐沽，感而赋此。”词曰：“去年今日，五云楼阁，珂马共朝天。憔悴今朝，青衫素发，独上九江船。沤波旧社，棠梨新冢，生死两茫然。三十年间，华胥梦冷，清泪落谁边。”后外放江西籍的知府，历任瑞州、抚州、南康等地知府。辛亥革命后，弃官回到故里常德农村。易名文悔，字古伤，改着道服，息影林泉，鲜与外界交往，过着退隐生活，“凭栏一片风云气，来作神州袖手人”。

宣统元年（1909）夏天，王以慜曾重返济南。农历六月十四日，他的内侄陈琪在大明湖铁公祠设宴招待。湖山依旧，人事全非，王梦湘不由感慨万千，援笔写就一阕《淡黄柳》："冲烟一笠，路转沙堤北，细雨垂阳侵晓色，不是樊川载酒，休话筝船旧相识。乱山积，高鬟媚无极，拥吟袖，绕苔石，问红香褪尽何人惜，后日江南，相思湖水，肠断王孙草碧。"这首词由时在山东任知县的姚鹏图书写刻石，镶嵌在铁公祠游廊北壁上。

民国十年（1921），67岁的王以慜病卒。

王以慜，四岁知愁，六岁丧父，踏入官场后仍走背字，仕途蹇滞，无所适志，一生与愁苦相伴。

或许是这种"愁"滋味过早地植根在王以慜的心里，所以他对唱山东大鼓的黑妞、白妞有"殊眷"，以结心情的愤懑。尤其对秀而不媚、清而不寒，有"红妆柳敬亭"之称的白妞，王梦湘不仅尊其为"小玉先生"，还在《檗坞诗存》初集《济城篇》中写有一首长诗，极力抒写对白妞的倾倒和关切之情："君不见漱玉泉边春草肥，芝芙绮梦吟斜晖。娥眉自古伤谣诼，何况知音此日稀！玉娘、玉娘！汝须毁弦息鼓刺舟去，无使西风尘起沾罗衣。来日吹箫吾亦归！"以知音自居的他生怕白妞受到伤害，甚至希望她"毁弦息鼓"，退出舞台。

回过头来，我们再来看《老残游记》里的那位"梦湘先生"。

刘鹗为何在书中写入"梦湘先生"王以慜这个人呢？那是因为王以慜在任山东巡抚张曜的幕僚时，刘鹗同时也是张曜的幕僚和助手，老人相熟，同样都是三十岁上下，王年长刘鹗两岁，与刘鹗私交甚笃，曾同游大明湖，在明湖居听黑妞、白妞演唱犁铧大鼓，盛赞白妞。"老残"听书，其实就是在明湖居听书。或许那一年，随声附和王以慜"梦湘先生论得透辟极了，与我心有戚戚焉"的不是别人，正是刘鹗自己呢。而若干年后的刘鹗，则化作了小说里的老残，在一旁听"梦湘先生"的高谈阔论。

百花洲外，寻找“老残”游踪

光绪二十九年（1903），刘鹗所写的《老残游记》开始发表于《绣像小说》半月刊上，到十三回因故中止，后重载于《天津日日新闻》始全。《老残游记》真正红起来，是在它的作者死后的民国时期。鲁迅在《中国小说史略》中，就将刘鹗的《老残游记》与李伯元的《官场现形记》、吴趼人的《二十年目睹之怪现状》、曾朴的《孽海花》并举，合称为晚清四大谴责小说。民国时期，许多游人是循着老残的足迹来到济南的，他们在鹊华桥头寻找刘鹗笔下的济南风貌。胡适就曾在《〈老残游记〉序》中提到了蔡元培的女儿在济南寻觅老残游踪的事：“蔡孑民（蔡元培字孑民）先生曾对我说，他的女儿在济南时，带了《老残游记》去游大明湖。”几年后，胡适到了济南，也不自觉地寻觅起老残的游踪来。

百花洲街区的建筑与雕塑

那么，《老残游记》中是如何记述鹊华桥一带风景的呢？《老残游记》的第二回“历山山下古帝遗踪，明湖湖边美人绝调”里面为我们描画了这样一幅场景：一百多年前的一个深秋，一个名叫老残的江湖郎中踏着满地的黄叶，悠哉悠哉进了济南府，见到“家家泉水，户户垂杨”，比那江南风景，觉得更为有趣。三十多年后，一位名叫月培的游客写了一篇《老残游记中的济南，今竟如何？》的文章，就是按着老残的足迹逐一寻找的：“家家流水泉犹在，户户而今杨不垂！登高楼下瞰全城，稀疏柳色，已不多见。老残不会说谎的，何以诳我？”

刘鹗在《老残游记》中提道：老残当年“到了小布政司街，觅了一家客店，名叫高升店，将行李卸下。”于是，月培也去寻了老残在济南落脚的高升店：“小布政司街，名称依旧，高升店恐是新开。——其实叫布政司小街，现在街左近，还有个高升店，不知是不是当年的！”

清末的老残，在鹊华桥头还曾看到过一场小小的交通事故：“到了鹊华桥，才觉得人烟稠密，也有挑担子的，也有推小车子的，也有坐二人抬小蓝呢轿子的。轿子后面，一个跟班的戴个红缨帽子，膀子底下夹个护书，拼命价奔，一面用手巾擦汗，一面低着头跑。街上五六岁的孩子不知避人，被那轿夫无意踢倒一个，他便哇哇地哭泣。他的母亲赶忙跑来问：‘谁碰倒你的？谁碰倒你的？’那个孩子只是哇哇地哭，并不说话。问了半天，才带哭说了一句道：‘抬轿子的！’他母亲抬头看时，轿子早已跑得有二里多远了。那妇人牵了孩子，嘴里不住叽叽咕咕地骂着，就回去了。”

民国时代的月培，在鹊华桥边看到的则是这样的场景：“鹊华桥边小船前舱，多题佳句。历下亭子，油漆剥蚀，流传多年，或者就是‘历下此亭古，济南名士多’的象征与写实！……鹊华桥畔，人烟还是稠密，而推小车子的早绝迹了，二人抬的小蓝呢轿子，亦不多见。轿后跟班的戴红缨帽子，膀子底下夹个护书的那类玩意儿，隐遁了二十多年，听说他们最近又在沈阳、长春一带活跃！汽车呜呜，洋车呱呱，拼命价奔，万一碰倒小孩子的话，不是像那时‘孩子一哭，妈妈一骂’老残所遇的那样便宜而简单！”

当年，在瞧了小孩哭闹的“小话剧”之后，老残看到了更稀罕的事：“老残从鹊华桥往南，缓缓向小布政司街走去。一抬头，见那墙上贴了一张黄纸，有一尺长、七八寸宽的光景。居中写着‘说鼓书’三个大字，旁边一行小字是‘二十四日明湖居’。那纸还未十分干，心知是方才贴的，只不知道这是甚么事情，别处也没有见过这样招子。一路走着，一路盘算。只听得耳边有两个挑担子地说道：‘明儿白妞说书，我们可以不必做生意，来听书罢。’又走到街上，听铺子里柜台上有人说道：‘前次白妞说书是你告假的，明儿的书，应该我告假了。’一路行来，街谈巷议，大半都是这话，心里诧异道：‘白妞是何许人？说的是何等样书？为甚一纸招贴，便举国若狂如此？’信步走来，不知不觉已到高升店口。”第二日，老残仍是按捺不住好奇，早早地去了明湖居听书……

月培也去看了大鼓书：“说鼓书，已不为所谓‘抚院定’‘学院定’所重视，倒是纯粹的普通民众所陶醉的娱乐；然而或者白王小玉而后，广陵散，也未可知！”最后，月培说道：“据胡适老证，‘老残即刘鹗铁云，游记作于庚子乱后，成于丙午年……’距现在不过二十六七年光景，世变沧桑，今非昔比！”

对于明湖居与大鼓书，1941年来济的旅人欧阳冬芬却有她自己不同的观点：“在湖的大门对面，有一个茶棚，有许多茶座及茶客，可是不像古城那么多的，摩登时髦的士女也少，实为一遗憾也。听说茶棚的那边就是老残时代设立的茶馆‘明湖居’，曾为白妞、黑妞在此大红一时之处也。如果白妞和黑妞姊妹姑娘现在仍在人间，她们不就成半老徐娘了吗？再看到了这座明湖居岂不伤心人耶！”

游览过大明湖的周作人，因为没有去明湖居听鼓书而遗憾：“大明湖在《老残游记》里很有一段描写，我觉得写不出更好的文章来，而且你以前赴教育改进社年会时也曾到过，所以我可以不絮说了。我也同老残一样，走到历下亭、铁公祠各处，但可惜不曾在明湖居听得白妞说梨花大鼓。”

现当代著名作家、《红旗谱》的作者梁斌，曾于20世纪30年代初来到济南，在山东剧院学习京剧。他对鹊华桥的回忆中，也基本是循着老残的足迹："济南是好地方，'家家泉水，户户垂杨'，无有风沙之苦。校址就在贡院墙根，宿舍在孔庙。孔庙后面，隔一个小巷就是'高升店'，向北去不远就是大明湖。大明湖滨有鹊华桥，鹊华桥头还有黑白二妞说书的那个地方，不过当时已经改成卖烧饼的了。最好的就是有个图书馆，在大明湖之南。功课之暇，或在图书馆读书，或到湖中游玩，都是很适意的。"梁斌见到的明湖居，已经改作了烧饼铺，白妞、黑妞早已成了过往。

当然，也不是所有人都认为刘鹗笔下的风景就是好的。1938年，一位名为吴乃礼的游客是这样记述道："自然，济南大明湖被刘铁云（刘鹗字铁云）在他的《老残游记》里面写进了一则之后，所以近三十年来大家都印象了大明湖的胜景。'家家泉水，户户垂杨，比那江南风景，觉得更为有趣。'说起来只

百花洲街区的建筑与雕塑

有一部分对，因为泉虽多，而垂柳却不多。除去通衢的马路以外，其他街巷既窄且秽，石路又凸凹不平，‘觉得更为有趣’这句话，仿佛稍欠忠实；也许是沧海桑田，变化成如是的不同罢了。”

六年后，另一位来百花洲的游客纹黛写道：“假使你读过《老残游记》，也许你曾因‘家家泉水，户户垂杨’这样朴实而美丽的描写神往吧？说不定当时在你的心中，还描摹出这样一幅济南的图画：家家门前，流着一湾澄清的泉水；垂杨的柔条拂着水面，风丝吹皱泉水，水面漾起涟漪；柳荫下，洋溢着浣衣的少女们的笑语声。可是，我不得不怀着歉意告诉你说——你的想象错了，你上了一个要笔头的人的当了。济南虽号称有七十二泉，但住户何止千万家？‘家家泉水’，未免过于夸张了。至于杨树，虽然也有的是，姿势却从不倒垂。齐鲁的景物是带着粗率的、慷慨的、豪壮的气氛的。它不像江南，要软软的柳丝来点缀它。”

民国时代的纹黛怀揣着《老残游记》来到鹊华桥，她对刘鹗描写的济南风景并不认可，却发出另外一种感叹：“但你也不必因此而失望。济南自有它的美！它秀丽，却不柔媚；它古老，却不衰颓；它庄重，却又不会使你起肃然之感。这一切配合起来，就会使你呼吸到一种独特的别处所没有的气息。”在她的眼中，济南古城的美是另外一种样子，庄重而质朴的。

老残游历济南50年后，仍有人在寻找老残的足迹。1956年冬，著名学者张中行来到济南，住在后宰门街西口内路南一家名为“明湖旅馆”的旅社里，“西行不远转北就是鹊华桥，也就是大明湖的南岸。”住在百花洲畔，自是近水楼台先得月，加之空闲时间较多，于是便寻古觅踪。张中行先想起了李清照，后想起了王士禛、蒲松龄，但可惜的是，都已无什么旧踪可寻，于是便寻时间上靠得近点的——“游名胜之外，还忙里偷闲，做了一些寻《老残游记》遗迹的。鹊华桥和大明湖，出门举目可见，用不着费力。另两处要费些力，可是性质不同。明湖居是否已经消亡，问湖附近住的一些老者，说就在鹊华桥之西，湖边，坐南面北，棚式的简陋房，早拆了。高升店，书中说在小布政司街。找到旧所谓小布政司街，在西街与大明湖之间，东西向，据说昔日为书业集中地，有如北京之琉璃厂。若然，何绍基得的孤本《张黑女墓志》，也当出于此地吧？往者已矣，还是找高升店。费很大力，幸而天不尽收遗老，终于问到，是在街东口之外，稍偏南，南北向街路东，凹进十几米的一条小巷内路南，门户、房舍都依旧，只是改为某单位的宿舍。这是真大观园一类，可惜书中的老残是个糟老头子，不像钗、黛以至晴雯、金钏那样软绵绵，就没有产生'残迷'来逐臭，同是小说而待遇不同，也是值得叹息的事。”张中行说着没有“残迷”来逐臭，却细细地去寻老残的遗迹，又何尝不是一个“残迷”呢。

《老残游记》本是一部批判小说，是作者以文字代替哭泣的著作。然而，在鹊华桥畔的这段记述，却只让人记住了济南山水的好，没有哭泣，只有喝彩。于是，刘鹗的《老残游记》成了济南古城的一个活招牌，百年间，不知有多少游客是怀揣着《老残游记》站在鹊华桥头看风景的。

JINAN 济南故事

第六章

总与『水』有关

百花洲是由泉水汇集而成的，与『水』有关的话题也就不免多了些。水的基因，控制着故事的发展。

百花洲附近的水胡同

百花洲由两条主要水路汇成，一支是发源于珍珠泉、王府池子的玉带河，一支是发源于芙蓉泉的梯云溪。百花洲的上源泉源遍布，但东岸及北岸却只有井，沿岸居民饮水要从百花洲迤南的几处名泉运输泉水。这就不得不提一下百花洲附近的那些水胡同了。

因为喜好喝泉水，百花洲附近送水的水夫也就特多，济南话管这行叫“卖泉水的”，俨然跟其他城市的水夫行当区分开了。送水的工具很简单，手推车两边各置一个大木桶，再配上一条扁担、两个水桶，就是全套家伙什了。叫卖时是这样吆喝的：“冰凉的泉水来啦!”水夫们卖的不是水，而是力气。有了买主，便挑着一挑泉水送去，一挑两桶。每挑一个筹码，凑成整数时一并结算。也有包月的，一月结算一次。

城内泉井较多，可以取水的地方自然也就多了，挑水经行的街巷就有了一个新名字——水胡同。有趣的是，这些水胡同基本都“没水”。水胡同的石板路永远都是湿的，但这些水并不是流出来的泉水，而是人们使用水车、水桶运水路过溅洒出来的。

清代管世铭在《城南诸泉记》里提道：“余适济南，侨寓于南门之缔观里。舍东即古鉴泉，居人炊濯资于是。瓶绠络绎，道至沮洳不可行，以其近于市也。”这段话记录了当时打水的情况，打水人弄得满地都是水，难怪叫水胡同了。这些巷子虽然整日湿漉漉的，但在济南却不叫事，因为济南还有街上石缝里涌泉水的巷子。这已然成了老济南的特色，石板路上没点水怎么能叫济南呢?

百花洲附近发现的“水胡同”碑

距离百花洲最近的水胡同

涌泉胡同

在曲水亭街中段，如今称为涌泉胡同，是一条不到两米宽的小巷。涌泉胡同西为马市街、东花墙子街，东接曲水亭街，过去是后宰门街、曲水亭街通往布政司大街的交通要道。2019年，涌泉胡同整体修缮改造工程中，在曲水亭街31号院（即涌泉胡同东首入口处院落）的墙皮下发现了一块一直隐藏着的石碑。石碑名为《重修水胡同碑记》，青石碑镶在红砖墙体内，红砖围墙皮剥落后，对比尤为明显。石碑上半部分文字依然清晰可见，但下半部分已经斑驳。在仍可辨认的文字中可以看出，石碑右端上刻有“重修水胡同”字样，左端刻有“曲水亭街”等字样，中间部分刻有人名及“万宝斋、文宝斋、宝古斋……”老字号名称，这些商号如今均已消失。初步判断，文字记载的可能是清代时周围富户、商号集资重修水胡同一事，此石碑是一块集资修路的功德碑。这是济南现存两块重修水胡同碑刻之一。

曲水亭街南段向西一拐，即今王府池子街的北段，过去也被称为水胡同，也称魏家胡同。王府池子街正式得名时间为1965年，街成名前有两个名字。街北段原称作魏家胡同，以姓氏取名，在1924年《续修历城县志·地域考》中明确载有：“魏家胡同”。街南段称王府池子街，在1934年《济南市政府市区测量报告书》记载有：“魏家胡同、王府池子街”。1965年，在街道整合中将两街合并统称为王府池子街。魏家胡同北头有一处腾蛟泉，泉池呈长方形，深1.5米，以青石围砌，精致方正。泉水自石隙中涌出，盛水期泉池水面离地平面不足半米，伸手便可取水。泉池东墙上嵌清道光八年（1828）举人、历城人李僩于丁卯年（1867）题写的“腾蛟泉”名刻。“腾蛟”之名取自泉西侧不远的腾蛟起凤坊，当年坊畔建有一石板平桥，名起凤桥，横跨于王府池子等泉汇流入大明湖的小溪上。清代郝植恭《七十二泉记》曾著录，并云：“腾蛟，如蛟之得云雨而飞腾也。”不过，魏家胡同被称作“水胡同”并非因为腾蛟泉，而是因为胡同迤南的王府池子。

王府池子属于珍珠泉泉群。早在北魏时期，这里的美景便为许多文人学士所青睐，常聚于池畔饮宴。唐宋时，这里也是一处园林胜地，知齐州的曾巩就曾在附近修建了不少园林建筑。明代，朱见潾在珍珠泉畔建德王府，将此处的泉湖之胜揽入府中。王府池子因位于府院西侧的花园中，故称之为“西苑”，泉水成为王府私人产品、个人独享之物。清军攻占济南后，废德王府改为巡抚衙门，将王府池子划出衙署之外。后湖边夷平，建起民居，湖水面积不断缩小，终成为今日一亩有余的一方池水。

王府池子只是明代以后出现的俗名，它原名为濯缨泉。濯缨泉，金《名泉碑》、明《七十二泉诗》、清《七十二泉记》均有著录，这个名字来源的具体时间无从考证，其意取自《孟子·离娄上》“沧浪之水清兮，可以濯我缨”之句。泉水成湖，足见泉池巨大，古时泉池水面更阔。清道光《济南府志》载：“濯缨泉称湖，前在德王宫内，今在院署西墙外百余步，俗称王府池，周围四十余丈，由地沟北流，穿民居，出起凤桥下，至院后会珍珠泉水，经百花、鹊华两桥入大明湖。”濯缨泉称湖，还不能明确湖有多大。清代孔昭虔说：水西桥外濯缨泉，日暖清秋放鸭天，薄暮采莲人不见，清风吹转渡头船。据载，泉池中原有一沙渚，人们常在此捕捞鱼虾，所以称“捞虾渚”。根据清代孔昭虔所说，我们可以大致勾勒出泉池的大小。泉池内可行船采虾、御舟采莲，足见古时濯缨泉池水之大。王府池子现水面已缩小，泉池长30米，宽19米，池岸石砌。但水势不减当年，尤其盛水期水势极佳，色洁如璧，水涌似珠，纷纷扬扬。

在王府池子街的南头，还有一条名为平泉胡同的老街，也是一条因为王府池而称名的水胡同。平泉胡同是一条南北走向的小胡同，长约147米，宽约2.8米。它北起王府池子街南口，南至芙蓉巷，东临西更道街，西邻芙蓉街，向西有两个岔道口，两个岔道口往西分别是两条街巷，北边的一条是金菊巷，南边的一条是翔凤巷。据传说，旧时路东小神龛下有泉，名平泉，街巷因此得名。

清代光绪年间，济南名为“水胡同”的巷子就至少有十二条。民国时期为避免重名，除保留一条水胡同外，其他都改了街名。

如今仍称“水胡同”的街巷，是启明街以东的一条东西向的小巷，曲折狭窄，不足百米。水胡同中间拐弯处有一块街碑，为清光绪十一年（1885）《重修水胡同街碑》，字迹经岁月雕蚀已漫漶不清，算起来此水胡同已有120

多年历史。从前，启明街一带有处泉水叫华家井（与今启明街华家井不是同一处）。泉呈井型，井口很小，只能放进一个桶，往下却越来越宽。旺季时泉水能溢出水面，流淌到街上。华家井枯竭后，20世纪60年代被填埋，在这一带建了学校。当年，华家井水量大、水质好，是附近居民的汲水处。居民从华家井汲水后，通过水胡同运至家中。这条胡同是居民汲水的必经之路，所以被命名为“水胡同”。

这条街往西，又是一条东西向短巷，过去也叫水胡同，今并入了启明街。这条水胡同的得名源于去华家井取水，升仙桥、小仓这些街上的居民取水都要从此处经过。街上有一处泉井，如今也命名为华家井。

除此之外，过去的水胡同还有很多，如城东老东门鹅鸭坊街附近有一条南北向的小巷也叫水胡同；城东南半边街中部略偏东处的五圣阁就名为水胡同，长不到50米；附近，双清街以东的铁佛寺巷也名为水胡同，东有南珍珠泉，西有胤嗣泉；城南南门附近前帝馆街东段过去也被称为水胡同，街东口路北古鉴泉即取水之地；附近后营坊街东头路北，一条南高北低的石阶路俗称水胡同，街南有寿康泉；城西趵突泉北、至德院西的一条东西向小巷也名为水胡同；迤北，五龙潭西原玉皇宫北边的濂泉胡同也称水胡同，附近的濂泉、官家池乃民众汲水之地。

济南还有不是水胡同的“水胡同”。它们不叫水胡同，青石板路上却总有泉水流淌，我们权且称它们叫作“泉胡同”好了。台湾作家唐鲁孙曾在《济南的泉水和鱼》一文中写道：“城南有条叫‘剪子胡同’的路，不论天旱天雨，这条街总是积水盈寸，行人都得自两旁骑楼下绕道而行。当年张宗昌为山东督办时，曾命人在剪子胡同加铺一层三寸厚的石板，怪的是三寸的石板铺上了，水却依然漫出一寸多。这石板下的泉水，夏季凉透心扉，可冰水果；冬季蒸汽迷蒙，有如温泉。掀开石板，水中密密长满绿如青苔的长水草，成群的青草鱼悠游其间……那情景真是又有趣又神奇呢！”文中的“剪子胡同”就是剪子巷。遗憾的是，如今这一带的传统街巷已不存在，花墙子街连同登州泉、花墙子泉等并入了趵突泉公园，剪子巷中已建起了高楼。

如今，这些“水胡同”，或是在旧城改造中消失，或都已铺成了厚厚的水泥路面，再也不见青石板路，水夫也随着那个时代一起成为城市的追忆。好在，百花洲源头的那些泉水还在喷涌着，玉带河、梯云溪中的水依旧流着，继续讲述着百花洲的市井故事。

花朝节，来百花洲看草

一百六七十年前的花朝节这天，济南有位名叫马国翰的文化人在百花洲畔说过这样一句话——“围堤碧草匝裙腰”。那是怎样一番景象呢？其实，不需过多想象，从冬末到初春，你站在百花洲畔，放眼望去就知何谓“围堤碧草匝裙腰”了——堤岸与水面接壤的地方长满了湛清碧绿的草。

马国翰，字词溪，号竹吾，历城人，1794年生。马国翰的始祖为马文英，原籍山西，明洪武四年迁直隶枣强县，后迁山东长山县马庄，俗称“沟西马”。长支二世祖马敬先的三子马成迁居章丘涧溪村，马国翰的曾祖父迁到了历城县劝夫庄（今南全福）。马国翰的父亲马名锦，官山西省汾州府经历，后任武乡、天镇等县知县。马国翰自幼跟着父亲在山西读书。先从名士贾璇受业，后以金宝川、吕心源为师，少年时就显露出才华。19岁时，马国翰在济南考取秀才，便以教书为业，先后开馆于古祝、冶山、鲍山、黄石兴隆寺等地，一直当了20年的私塾先生。道光十一年（1831）年中举

浮在百花洲水面生长的草

人，第二年恩科进士（三甲67名）。历任陕西敷城、石泉、云阳知县。1838年因"政绩卓越"得到皇帝召见。后以"去家既久，坟墓庐舍均须修治"为由，辞官回到济南。道光二十四年（1844）出任陕西陇州（今陇县）知州。咸丰三年（1853）因病辞官，再次回到家乡。1857年去世，葬于历城九里山南麓。

马国翰是清代著名学者和辑佚大家、藏书家，生平嗜书，家人称他为"书痴"。任县令时，所入薪俸大半用以购书，每见异书，手自抄录。马国翰所辑《玉函山房辑佚书》辑录唐以前已散亡的古籍，共辑佚书594种，分为经、史、诸子3编，700多卷，是一部空前绝后的辑佚巨著，在辑佚书史上占有极其重要的地位。"玉函山房"，取自济南南郊的玉函山。玉函山，相传汉武帝东巡路过此山，得一玉函（玉石匣子）而得名。马国翰年轻时曾在这一带教书辑书，故以玉函山房命名。该书"搜罗丰富，卷帙浩繁，盖自宋人辑佚以来，其规模之大，数量之多，用力之劬，未有超过者"。

在陇州任上，马国翰就已开始着手雕刻《玉函山房辑佚书》木刻雕版，并准备印行。他一面刊刻，一面继续修订，至道光二十九年春，经、子二编的印版全部刻成。这一年，他还写成了考订经义的读书札记《目耕帖》三十一卷，未能刊行。马国翰有一位好朋友，名叫李延启，也是为藏书家兼学者，曾官职顺天府尹，与马国翰是儿女亲家。马国翰死后，仅有一女和继子，这批雕版被运到了章丘鹅庄李家，李家盖起了三间带夹壁的房子，将书版收藏起来。同治九年（1870），济南泺源书院山长匡源请当时山东巡抚丁宝桢协助，从马国翰亲属处借出《玉函山房辑佚书》书版，经过进一步整理，于4年后连同《目耕帖》一并印刷，分订100册行世，受到学术界的重视。

回头再来说一百六七十年前那个属于马国翰的花朝日。

花朝日，也就是花朝节，俗称"百花生日"，节期前后正是花开的季节。百花之神，相传"花神"名女夷，本是神话中主宰春夏万物生长的女神，《淮南子·天文训》云："女夷鼓歌，以司天和，以长百谷禽兽草木。"高诱注："女夷，主春夏长养之神也。"后世附会为南岳夫人魏华存弟子，她善于种花养花，被后人尊为"花神"，并把花朝节附会成她的节日。

花朝节由来已久，花朝节的盛行，据传始于唐代女皇武则天。武则天嗜花成癖，每逢春天花开，她总要令宫女采集百花，和米一起捣碎，蒸制成糕。上行下效，从官府到民间就流行起花朝节的活动了。

节日期间，人们结伴到郊外游览赏花，称为“踏青”；姑娘们剪五色彩纸粘在花枝上，称为“赏红”；民间野外众多的游艺活动，则称为“扑蝶会”。在古代，花朝节前后非常热闹。宋吴自牧《梦粱录·二月望》中说：“仲春十五日为花朝节，浙间风俗，以为春序正中，百花争放之时，最堪游赏。都人皆往钱塘门外玉壶、古柳林、杨府、云洞，钱湖门外庆乐、小湖等园……玩赏奇花异木。最是包家山桃开浑如锦障，极为可爱。此日帅守、县宰率僚佐出郊，召父老赐酒食，劝以农桑，告谕勤劬，奉行虔恪。天庆观递年设老君诞会，燃万盏华灯，供圣修斋，为民祈福。士庶拈香瞻仰，往来无数。崇新门外长明寺及诸教院僧尼，建佛涅槃胜会，罗列幡幢，种种香花异果供养，挂名贤书画，设珍异玩具，庄严道场，观乾纷集，竟日不绝。”

百花洲

花朝日的节期，晋代在农历二月十五日，宋以后渐改为二月十二日。清代，南方则以二月十二为花朝，济南则以农历二月十五为花朝。古时，每逢花朝，文人雅士邀三五知己，赏花饮酒，互相唱和，高吟竟日。撰有名剧《桃花扇》的孔尚任，曾写有竹枝词形容花朝踏青归来的盛况："千里仙乡变醉乡，参差城阙掩斜阳。雕鞍绣辔争门入，带得红尘扑鼻香。"

又到花朝节这天，文人马国翰与好友周二南、王秋桥、谢问山、朱退旃、李秋屏、彭蕉山在大明湖一带泛舟寻春、赏春。为何要在花朝日这天呢？因为这天是鸥社集会的日子。

鸥社是清代济南著名的诗人沙龙，道光二十二年花朝日（1842年3月26日）成立于大明湖湖心岛历下亭。诗人李纬在为《秋桥诗续选》题跋中说道："壬寅岁余从闽中归，适陇州刺吏马词溪里居，花朝日简招王秋桥、周二南、谢问山、朱退旃、何岱麓及余七人燕饮历下亭。词溪首唱七律四章，皆属和焉。是后提酒携榼，递相宾主，济南名胜之区游屐殆遍。第饮必有作相互磨砺如鸥，遂名鸥社。"最初参加鸥社集会的济南诗人有马国翰、王德容、周乐、谢焜、朱退旃、彭蕉山、李纬七人，后范垌、何岱麓、周奕黉、郑云龙等人加入其中。鸥社成立后，每逢花朝日，他们都会聚在一处，饮酒唱和，轮流坐庄，美其名曰"递相宾主"。

某一年的花朝节，马国翰在百花洲畔作了一首题为《花朝日偕周二南、王秋桥、谢问山、朱退旃、李秋屏、彭蕉山泛舟明湖即事》的诗。其中，周二南即周乐，王秋桥即王德容、谢问山即谢焜、李秋屏即李纬。诗是这样写的：

百花洲上百花朝，相约寻春过七桥。
倒影青山涵鬟髻，围堤碧草匝裙腰。
同心拼醉听鹂酒，落日初停画鹢桡。
此地多年成契阔，深情绾到柳条条。

诗里的七桥是指北宋时环大明湖有七座桥，宋代曾巩有诗曰："从此七桥风与月，梦魂常到木兰舟。"到了清代，七桥中只有一座鹊华桥还保存于世了。在鹊华桥边，马国翰看到了一番什么景象呢？——“倒影青山涵鬟髻，围堤碧草匝裙腰。”山倒映在水里，青山上树木扶疏，仿佛是发髻一般。围堤旁边生出的碧草，就如同裙子腰间绿色的纹饰。有山，有水，这一拟人整个城就活起来了。

百花洲因是泉水汇聚而成，冬季及初春时节，水温较高，堤岸旁每到一二月就已有绿草萌发。花还没开，泉水涵养的草却已有一尺长。延至三月，水草已延伸成片，一丛丛绿意飘荡在水面。

草，或是长在路旁，或是长在水里。百花洲的“草”长得稀罕——本生在路上的草却长在堤岸与水面的交界处，草叶儿不是伸展着拥抱天空，而是伸展地躺在水皮儿上。“围堤碧草匝裙腰”——全靠了温润的泉水，在百花洲畔才能见到这秀丽景色。

花朝节前后，请来百花洲“看草”。

百花洲岸边的草

这水，流淌出去便是遐园

百花洲中的水一部分流入大明湖，一部分则曲折婉转地被引入了济南“第一标准庭院”遐园。

遐园坐落在百花洲西北，大明湖南岸，占地约9 600平方米。园内山水迤逦，泉流泠泠，花木扶疏，亭台巧置，有读书堂、明漪舫、浩然亭等古朴建筑。遐园为清宣统元年（1909）山东提学使罗正钧创办山东省立图书馆时所建，原为图书馆的一部分，1965年分开划归大明湖公园。遐园是参照宁波著名藏书楼天一阁而建，建成后因景致清雅，藏书丰富，在当时颇负盛名，有“南阁（天一阁）北园（遐园）”之誉。

如今看到的遐园，主入口位于园区东部，为一南北向伸展的游廊。正中门匾“遐园”二字，为当代书法家金棻所书。门外北侧，横一石碣，上刻篆书“遐园”二字，由罗正钧于1909年题写。门旁原有楹联“湖山如画，齐鲁好文”，后缺失。进得门来，假山作为障景，顺势伸延至院南侧，山石陡峭，怪石嶙峋，沿石径可蜿蜒登上山顶。山顶有一台，曰“朝爽台”。台上有亭，四面单檐，石质亭柱，曰“风亭”（原名苍碧亭）。从山顶向北俯瞰，园内杨柳垂荫，修竹郁森，丽水虹桥，曲径通幽，韵味无穷，遐园景色尽收眼底。一条小溪绕山而过，在山脚下汇成一片池塘。小溪名为玉带河，源自珍珠泉泉群，由珍珠泉、濯缨泉、散水泉、溪亭泉、刘氏泉等泉水汇聚而成，经曲水亭街，过百花洲，在遐园内曲折蜿蜒形成水景。假山西

遐园（山东省立图书馆，摄于 1938 年）

侧，梧桐蔽日，石径曲折，溪流潺潺，此处有一水榭曰“明漪舫”，因船不能驶进遐园，故造船形亭以象征。明漪舫四周绕以小溪，溪水北流，沿溪西岸，建半壁长廊，长廊北端跨溪架拱桥，拱形若虹，名玉佩桥。桥北为一方塘，植以荷花。塘西廊内南壁上，嵌有传说为岳飞墨迹的石刻《诸葛亮前后出师表》，该石刻是清末时据济南名士杨明诒捐赠的河南南阳武侯祠中的石刻拓片复制而成，草书大字龙飞凤舞，渴骥怒猊，气势豪放，酣畅淋漓。北面墙边修竹环绕中，立有明朝山东巡抚、甘肃天水人胡缵宗书写的《临唐李当涂（李阳冰）小篆谦卦之碑》。李阳冰篆书运笔如蚕吐丝，骨力如绵裹铁。《谦卦》碑原刻久佚，幸有胡氏临作，保存了原刻风貌。由碑向西，穿过一圆门，为建成于1936年的藏书楼，名曰“奎虚书藏”。奎虚书藏向东，经过方塘，有一坐北

遐园内的假山

遐园（摄于清末）

朝南大厦名抱璧堂，是1939年在海岳楼旧址上改建而成。堂东有假山，山虽小却险峻峭拔，山下临水处刻有“涨渌洪”三字。山上有台名曰“桃笙”，台上有亭翼然，青瓦红柱，六角单檐，名“浩然亭”。小溪潺潺流过假山，汇入大明湖。夏秋季节，登上浩然亭，举目远眺，明湖景色尽收眼底，波光粼粼的湖面上，鸢鸟掠水，画舫穿行，岸边则微风拂煦，杨柳袅袅。夏秋季节，遐园最有兴味，园内杨柳依依，黄鹂和鸣，清幽雅静，在这里小坐片刻，看湖中轻泛的画舫游艇，诗情画意油然而起。

遐园原为清代科举考场贡院号舍旧址。清廷自1906年开始废除科举制度，所有乡会试一律停止，岁科考试亦即停止，号舍被废弃。当时的山东提学使、湖南湘潭人罗正钧出洋考察后，为效仿西方教育，学习西方科学文化技术，倡议在大明湖南岸利用闲置的号舍建立山东省立图书馆。宣统元年（1909）正月二十五日，山东巡抚袁树勋向清廷递交了《奏东省创设图书馆并附设金石保存所以开民智而保国粹折》。奏折中写道：“齐鲁自古为圣人桑梓之邦，华夏文明的发源地，济南作为省会，却没有设立图书馆，故提请清政府参照其他省及国外，设立图书馆，存储四部善本，兼收列国宝书。同时附设山东金石保存所，收藏本省新出土的金石古物及旧拓精本。”2月20日，奏折获清政府批准。一个月后，由山东提学使罗正钧奉学部札饬主持建设的山东图书馆（附设金石保存所）动工，择大明湖西南隅的前贡院官地七分之一，并仿照宁波天一阁藏书楼格局建设。当年12月16日，图书馆正式落成，定名“山东图书馆”，另附设金石保存所。建设前后共花费了白银两万两，是一座东西长三十八丈、南北长三十丈的园林式文化设施，其园榜曰“遐园”。遐园为当时山东省立图书馆的别号，取“白驹空谷”之意，以《诗经·小雅·白驹》中“毋金玉尔音，而又遐心”句中的“遐”字为名。

该图书馆为全国建立最早的省级图书馆之一。初创时期，读者服务主要是提供馆内阅览，设阅览室、展览室两种。因馆园合一，来馆游人，每人需收铜圆二枚购买游览券，阅书者每人收取铜圆二枚购买阅书符。以星期二至星期五为男子游览日，星期六为女子游览日。到1916年，藏书已达13万卷，成为全国最大的图书馆之一。因藏书丰盛，且种类丰富，博得了“历下风物，以此为盛”的赞语。当时，这里还是中国第一所由省级政府创办的博物馆性质的机构山东金石保存所。宣统二年（1910）六月，金石保存所动工兴建，十月落成。次年开馆。金石保存所在山东省图书馆历任馆长罗正钧、王寿彭、王献唐等著名学者的努力下，致力于保护齐鲁文化，经历年陆续收藏，截至1933年7月底，金石保存所藏品已经十分丰富，且多珍品，铜器、石刻、钱币、砖瓦、陶器、泉范、陶文、玉器、瓷器、甲骨、乐器、书画、金石拓本等共计16 256

遐园风亭

件。其中包括吴式芬、丁树桢、陈介祺、许瀚、马国翰等名家的旧藏，蔚为大观，尤其以石刻碑帖享誉远近，汉代《为父通作封记》《熹平石刻残石》，北魏《李璧墓志》《孙辽浮图铭》《李谋墓志》等石刻最为著名。

建成之初的遐园，背湖（大明湖）面山（千佛山），古朴典雅，景色宜人。在创建初期即负盛名，与天一阁有“南阁北园”之美誉。园中遍植花木，曲水环绕，桥榭相接，湖山相映。国民党元老于右任曾来游历，摘取西晋陆机《悲哉行》中“和风飞清响，鲜云垂薄阴。蕙草饶淑气，时鸟多好音”的诗句，挥毫写下“和风飞清响，时鸟多好音”的对联，置于院内竹篱门上。园门朝东，大门门额之上嵌有罗正钧篆书“遐园”二字（今石碣放置在遐园东门外北侧）。园内正中为海岳楼，楼分上下二层，共四大间，为储藏图书之所。其对面亦有一楼曰“宏雅阁”，专贮金石。两楼峙立，又引湖水入馆，通以桥廊，盖仿四明范氏天一阁格局。又有读书堂（阅览室）、明漪舫（儿童阅览室）、博艺室（文物字画展室）、汉画室（汉画像石展室）、罗泉堂（历代货币展室）错落园中。楼堂以曲廊相连，又绕以溪流池塘，塘内植荷养鱼，虹桥卧波，花木扶疏，园林之胜在清末各省图书馆中首屈一指。

1922年夏天，山东省历史博物展览会选择在这里举办。这个展示齐鲁文化的展览会规模宏大，分历史门、地理门、古物门、教育门、社会风俗门、工商门、农业门七大门类，展品共有五千种，摆放在海岳楼、宏雅阁、读书堂、明漪舫、湖天一角楼、博艺堂等处。国内的教育家、美术家、考古学家、收藏家纷纷到场参观，蔡元培、梁启超、黄炎培、袁观澜、张伯苓、张一麐、陶行知等名人亦莅临遐园，出席展览会开幕式。梁启超等还做了演讲，众人并在浩然亭合影留念。

1928年，日寇进犯济南，制造“五三惨案”，用炮火轰击城区，遐园亦横遭惨祸。据王献唐《一年来本馆工作之回顾》记载：“日兵射击目标，为城内之军警机关及省党部。党部密迩本馆，遂遭波及，炮弹横飞，穿墙破户，博物馆楼柱，洞贯巨孔如碗，院内弹壳累累，到处成坑……藏书楼顶，巨弹从天花

遐园玉佩桥

板穿下，落至地板者四，幸皆未炸，炸则全楼齑粉矣。惨案发生之后，省府移驻泰安，馆中仅有数人，看守门户。适值大雨连绵，各处房屋，以兵火之余，多年失修，无不塌毁渗漏，东西搬移，图书凌乱。同时，博物馆又全行倒塌，标本仪器，损毁无算。”事后，山东省图书馆曾以被炸毁残书设专架在阅览室展示，书曰：“呜呼!我国人其念之!”1929年8月2日，山东省教育厅提出“以省立图书馆关系社会教育甚重，非切实地整顿、改良办法不可。”同年，时任省教育厅厅长的何思源委任王献唐为馆长。王氏致力于馆务恢复工作，经一年努力，图书馆得以正常运转。这座藏书楼于1935年被拆除，在其旧址上建成了“奎虚书藏”楼。

1937年日军进攻济南时，玉佩桥以东建筑再次遭到大破坏。时任山东省政府主席、第三路军总指挥韩复榘在撤离济南之际，奉行“焦土抗战”政策，将党政机关和金融、文化、公用事业等部门的几十处重要设施毁之一炬。遐园亦在此列。海岳楼、宏雅阁、读书堂、虹月轩等一夜间变作废墟，玉佩桥亦失去了廊厦和精美的木制栏杆。幸运的是，湖天一角楼和博艺堂所在的别院没被波及，落成刚一年的奎虚书藏楼也躲过一劫。1939年，日本人为纪念其陆军特务机关长渡边渡（字抱璧），借海岳楼焚毁之旧址修建抱璧堂。凡日方之师旅团长会议，都在这里召开，从北平、南京来济的日军要人也多住其中。抱璧堂东南原有六面亭，为卫兵守卫室。日寇占领期间，山东图书馆总计书籍损失232 000余册，铜器损失320余件，秦砖汉瓦损失1 200余件，古陶器损失430余件，字画损失70余幅。

1948年济南解放后，遐园得以修葺，消除了战火创伤。1964年开始整修，1965年，遐园东半部的园林部分作为独立院落划归大明湖公园。但由于长期战乱，遐园内原有建筑大都残毁，现遐园内仅存建园初期的明漪舫、金丝榭、浩然亭、玉佩桥等少数建筑，山东省图书馆也已迁至新址办公。

JINAN 济南故事

第七章

百花洲的烟火气

与『大家闺秀』大明湖相比，百花洲只能算是『小家碧玉』。既然是小家碧玉，那就自然少不了浓浓的烟火气。

鹊华桥头的那些买卖

百花洲周边的商业，最早是从自鹊华桥一带兴起的。

在明代，百花洲一带的主要街道是后宰门街，但因位于德王府后门，所以这条街上的经营铺面较少，商号主要集中在鹊华桥一带。这里自北宋开始就是济南著名的风景名胜区，明代以后，沿曲水亭街一直向北到鹊华桥，出现了许多酒馆、茶肆。长期居住在百花洲的王象春在《百花池》一诗中说："宫泉先注百花池，池畔弦歌漾酒旗。"诗中的"漾酒旗"句，就说明了当时百花洲附近有不少酒馆。到了清代，百花洲片区的"经济带"逐渐转移到了后宰门街、曲水亭街及轱辘把子街东头，这一带的古玩业、刻书业、南纸铺、饭店较多。清末民初，后宰门街一带又成了书局、报社、印刷局的聚集之地，济南第一份报纸《简报》就诞生于后宰门街。民国中后期，因为济南的经济中心已转移至商埠一带，老城区的经济趋于停顿，百花洲片区的商业逐渐归于沉寂。

百花洲（摄于2001年）

历史上，百花洲片区的商业以南纸最为出名。南纸，即宣纸，因主产地在南方，故名。近代以包装、焚烧用纸为“土纸”，以文化用纸为“南纸”，以印刷用纸为“洋纸”，各有专门店铺销售。济南销售南纸的店铺也经营传统文具，多集中在后宰门街，南纸业的行业公会就在这条街上。近代，百花洲片区比较大的南纸铺有文华斋、林宝斋、文美斋、益文斋、文友斋、瑞昌、文生祥、华复斋、文华堂等，后两家也是出名的笔铺，销售的湖笔非常有名。南纸铺除销售宣纸外，还兼售文具，如联屏、笔墨、信笺等。有的店铺则兼营装裱业务，少数店铺还兼售字画。后宰门街上的文会斋主营刻字、文具，兼营南纸。又如钱茂林笔墨店、翡英斋裱画店等，则以这些业务为主业，兼营南纸。自新式印书局出现以后，南纸铺及传统文具行业逐渐萧条。

后宰门街上的一处南纸店旧址

清末民初，百花洲片区有很多出版、销售图书的书局，基本都位于后宰门街。大型书局既有出版、印刷业务，又批零图书，小型书铺则只零售新旧图书。同治八年（1869），山东巡抚丁宝桢于后宰门街路南创办了山东书局，刊印并经销“官学”使用的典籍，这是济南最早的书局。山东书局在光绪二十一年（1895）后曾一度停业，光绪二十八年改为官办，称为“山东新设官书局”。1922年2月官本收回，改为私营，仍称“山东书局”，迁至院西大街（今泉城路西段）路北，主要是刊印发售书籍业务，1945年歇业。较早的书局还有启明印书社，既做出版业务，又零售图书。其他专门销售图书的书铺也非常多，如后宰门街西首的日新书局等。但总的来说，后宰门一带的书店仍是以经营古文书见长。1922年，著名学者胡适来到济南，他讲学之余，忙里偷闲到后宰门街上的书店里淘书。据《胡适日记》记载，1922年10月12日，胡适来到后宰门街上的山东书局买书，其中《风雨楼丛书》的零散品种“京沪都不可得”，但他在济南后宰门街上的书店买到了。

济南过去的新闻事业并不发达，最初的发源地之一就是后宰门街，民国初期的新闻报业公会就在这里。济南本地资格最老的报纸是《简报》，社址位于后宰门街。《简报》始创于1904年，由李仲明创办，薛性男主编，采用石印印刷，一张4开版，定价低廉。因该报发表了许多振兴实业、抵御外侮、收回权益的进步言论，成为当时济南最有影响的报纸之一，最多时发行量为4万份。后由于办报人日渐保守，不善经营，1929年7月停刊。后宰门街上的《大东日报》，创办于1912年6月，王志勋任经理，每日一张半。设馆于后宰门街的《新齐鲁公报》，创办于1913年12月，每日一张。后宰门街上的国文报馆，创办于1914年12月，每日一张，零售铜圆1枚，按月订阅铜圆25枚。除此之外，还有《白话商报》《齐美报》等一些小报。

报社的集中，催生了通讯社的创办，济南最初的通讯社多在后宰门街。快闻通信社，由罗亚民创办于1930年，每日发稿一次。齐鲁通信社，是刘瑨章在1933年创办的。

与书局、报社伴生的，还有许多印刷局，除了铅印、石印外，还能进行铜版、胶版、凹版等印刷方式，小型印刷厂也兼售南纸。后宰门街上的“大公石印馆”，1905年由山东工艺局总办沈景忱创办，这是山东第一家专业石印馆。除此之外，后宰门街上还有启明印书社、佛山印刷局、善成石印局、共和印刷局、震东石印馆等印刷局，多以石印、铅印

今日后宰门街

为主要业务。除了新式印书方式，一些传统的木板刻字、名章制作行业到了近代仍然存在，如后宰门街的汉文斋、文德堂，轱辘把子街的隆文斋还兼做木版印刷。

百花洲片区过去是古玩店聚集之所，“古肆林立，圭璋、刀币、碑碣、鼎彝不时出焉”。过去的古玩业分为游商和坐商，坐商多集中在布政司街和后宰门街、曲水亭一带，游商多为摆摊。对于古玩行业，济南俗话有“三年不开市、开市吃三年”之说。游商大多数伪拼欺人，比较有信誉的多是坐商。那时比较大的店铺多在后宰门街，如德古山房、集宝斋、鉴宝斋、林宝斋、聚宝斋、鸿泰祥、信宝斋、集贤斋、赏古斋、会古斋、玉古斋等，曲水亭街上有敬古斋、和顺斋，轱辘把子街上有凤集斋、寻玉斋、茹古斋、鉴古斋。除此之外，鹊华桥还有一家长顺兴，是专门租赁古玩的店铺。线装古籍则有专门的店铺，如桂宝斋、会文山房、华文斋、德正斋等。

古玩业的伴生行业是钟表业，钟表业分为修理和贩卖两种，贩卖者兼营修理。民国时期，后宰门街上的钟表行有润宝斋、天兴斋，以及鹊华桥附近的宜春轩。这个宜春轩是当时革命党人的联络站，后来搬去了商埠。

百花洲附近的金融行业店铺较少。位于后宰门街的贞祥银号，以存放款项为主要业务，并发行钱帖。后宰门街路北有荣庆恒钱行，以小额兑换为主要业务。另外，后宰门街上还有一家福德楼金店，专门销售首饰，收买沙金、块金，制作金叶子、金条、金锭，收兑金银。

百花洲一带的酒馆、茶肆历史最为久远，但没有古代的买卖字号流传下来。清代及民国初年，百花洲北岸一带逐渐成为茶馆、戏园的聚集地。有些茶馆同时兼作戏园或书场，如位于鹊华桥的明湖居就是这种情况。同时，一些菜馆也兼作茶馆，如位于司家码头的雅园，既是菜馆，又是茶馆。又如曲水亭街上的曲水亭是一家茶社，也是一处书场，天天都有大鼓书上演。

历史上，济南的戏园并不多，戏剧演出多在有戏台的寺庙、会馆内。清末，济南专门做经营的戏园只有两处——明湖居和鹊华居，都在百花洲北岸。这两处戏台都非常简陋，“搭板为台、芦席为蓬”，计时打鼓收费。明湖居位于百花洲西偏北，1890年建立，原为演出书词的茶园，刘鹗在《老残游记》中曾详细描写了他到明湖居听曲的情况。1910年后演出戏曲，1937年停业。鹊华居位于鹊华桥，1890年建立，原为茶园，1919年改名“易俗社”，1932年为“鹊华桥评剧院”，1937年停业。清末民初，济南出现了新式戏园，如鹊华桥西边的易俗新剧社、司家码头附近的富贵茶园，演出改良京剧并邀请外地名角，收费颇高。易俗新剧社是民国四年之后山东通俗教育的产物，为一般贫寒学生演习兼职，白天授课三小时，晚间演出，观众较多。富贵茶园，位于司家码头，1885年建立，1934年停业。此外，鹊华桥路南还有一处雅观楼戏园，存在了不久就歇业了。

百花洲一带的饭馆，集中在后宰门街一带，多为传统小饭店，著名的有鹿鸣园、百花楼、同元楼、九华楼、恒生园、东华楼、文升园、雅园、岱北楼等。同元楼位于后宰门街中段路南，由历城董家的吕正轩于1912年开办，该饭庄由两个二进四合院组成，玉带河东侧分支经珍池流经该饭庄。同元楼是传统饭庄中较为高档的一家，能承燕菜、翅菜、海参三种大席面，各式面点也较为出众。九华楼饭庄位于后宰门街东头，据传该店为传统鲁菜“九转大肠”的发源地。东华楼、恒生园、岱北楼是小饭庄，精于饭菜，店面不大。位于司家码头的雅园则兼作茶馆，胡适、竺可桢、杜威（美国著名教育家）等近代名人都曾在这座水畔饭馆吃过饭。文升园在轱辘把子街，是一个小饭铺，创始于清光绪二十年（1894），经营的油旋和坛子肉颇为出众。此外还有一些米饭铺、馒头铺，如邢家饭铺、焦家饭铺等，规模非常小，有的都没有字号。

后宰门街还有一家专卖肉类熟食的铺子，名为斋香斋，销售肴肉、扒鸡。距它不远，还有一家名为泰兴的小铺面，销售新鲜水果、蔬菜、副食品，冬天则出售鲜地瓜、萝卜、柿饼、大枣等。百花洲片区的点心铺，基本都在后宰门街上，有济美斋、玉香村、同香永、隆丰号等。传统点心铺子所生产的点心，为传统口味，是以油、面、糖为主要原料的北派点心，称为“满汉茶食”，主要是探亲访友及办红事者购买。除了点心铺子，后宰门街上还有一家聚盛油店，以售卖济南本地生产的芝麻油、豆油等食用油为主，也出售棉籽油之类的杂油，作为灯油使用。后宰门街东头，有一家远兴斋酱园开设的分号。远兴斋成立于民国元年，规模较大，专门生产销售酱油、面酱、酱菜以及烧黄二酒，并使用所销售的玫瑰花酱与烧酒，加工成“玫瑰烧”销售，颇有特色。后宰门街上有公兴酒行、三益酒店，专门销售烧酒、黄酒、南酒。后宰门街上还有生产粉丝、粉条、鲜粉皮的粉坊，如德和、李得和等。肉铺有西三合、聚兴号等，但都是销售猪肉，该片区没有销售牛羊肉及鸡鸭的店铺。

百花洲畔的幌子

百花洲一带的杂货铺，有后宰门街的长兴号、桂馨斋、宝德祥、信立、谦德合、振玉成、永泰祥、同合祥，曲水亭街的通顺、协成永，鹊华桥附近的华兴、鸿盛东等。此外，还有一家专门销售西洋商品的宏昌号。经营员工一般2至5人，销售日用杂货，部分商号兼售卷烟，如桂馨斋也兼售食物。洋行、公司则有后宰门街的友林公司，以及鹊华桥头的人和公司。

济南人多信中医，所以过去中药铺非常多，繁华的街上基本都有药铺。百花洲片区的药店多集中在后宰门街，如位于后宰门街东首路北的广益堂，位于后宰门街中段路北的庆育堂，以及鹤仁堂、明德堂。民国初年，在岱宗街上出现了一所日资西医诊所，由永松景仁创办，专治内外科、眼科、妇科、产科、牙科、花柳科、皮肤科等疾病，并附设有病房。门诊时间为上午10：00至13：00，下午14：00至18：00。除此之外，后宰门街西首还有一家名为既济医院的西医小诊所和同德医院。

济南过去的理发业非常简陋，民国以前，剃头多为游商剃头摊。民国以后，后宰门街有了一家日本人开的理发店，俗称日本理发所。后来又有了可以烫发的生记美发店。轱辘把子街有一家高等新民理发传习所，营业的同时，还传授西式、日式、普通式发型技术，在济南颇为出名。鹊华桥上有一家名为新新快像社的照相馆，后宰门街上有两个浴池：民生池和兴德池。

百花洲片区的客栈很多，基本集中在后宰门街上。民国初期如后宰门街中间路北的同升店、同兴店以及后宰门街东首路南鸿升楼，民国中后期如岱阳旅社、大升客栈、联兴旅社、鹊华宾馆等等。最多时，附近有近20家旅社同时营业。

百花洲片区的织布、服装行业字号不是很多。后宰门街上有一家祥记织布店，生产传统土布。同一街上的义成祥布店，则以销售布匹为主。鼎盛号、鼎豫（军服庄）公司则专门制作军警制服，成衣铺子有中立和、文锦、复盛永、德义盛、增盛永。此外，还有一家专门营销包袱皮的店铺，名为万和包袱行。值得一提的是，片区附近还有三家洗衣铺：顺兴、泉顺兴、聚盛昌，都在后宰门街上。

百花洲片区有不少生产作坊，已知较早的有1915年开业的同心合胰皂铺，位于后宰门街，生产销售肥皂。1935年胡人明开办的厚生祥染店，位于泮壁街，是一家小型染铺，只能染蓝色布匹，生产废水直接流入百花洲。这条街上还有一家新华制革厂，也是将生产废水排入百花洲。鹊华桥西曾有一家专门生产运动品的小作坊，名为利达工厂。20世纪40年代末，鹊华桥之东还存在过一家贫民工厂。后宰门街上有两家土法生产面粉的磨坊：仁记磨坊、德合成。仁记磨坊生产泗水细面，德合成则生产普通的粗面。后宰门街上还有两家木作行，一家名为信记，一家名为九顺。片区还有一家名为齐美的手工卷烟铺，一家名为义昌的修自行车铺，一家名为义立成的制作白铁皮桶的商家，纸扎铺子、油漆铺子、建筑作坊行业等也都有。

除此之外，百花洲一带经营性的单位还有律师事务所和会计师事务所。民国时期，百花洲一带前后存在过40家律师事务所，以及1家会计师事务所。

不难看出，百花洲畔的那些买卖一大部分是服务于文化及居民生活的，这恰恰符合百花洲的历史存在。

游船——鹊华桥的招牌

民国时的百花洲，既不是宋代那样文人游览的场所，也不同明代的官家禁地，它是一处隐地，悄悄躲藏在民居中，不为人注意。只有熟络此地的人们，才晓得这里的所在。那时，百花洲的门面是鹊华桥，而鹊华桥的招牌则是桥边的那些游船。

民国时期的鹊华桥一带是这个样子的："鹊华桥位于省垣鹊华街中间，南系百花洲，北为大明湖。桥纯石筑，凌驾波上，登之能望鹊、华二山之胜，因以赐名。夏际桥旁，碧柳染烟，左右莲开，蒲苇丛生，清波耀日，游憩桥畔，无限奇趣。桥之西北，御碑亭后，船泊甚蕃，游明湖者，多由此登舟，泛览全湖之胜。有唐宋名人题笔，具征胜概之确实焉。"这时，鹊华桥下已经不能行舟了，而在桥的北方却停放着大量的游船，那些去往大明湖的游人需要在鹊华桥码头上船。站在桥上看画舫，也是一道不错的风景。

20世纪30年代，中华书局曾出版发行过一套"都市地理小丛书"，这套丛书包括《北平》《南京》《上海》等10本，其中就有一册《济南》。在《济南》一书中，是这样描写鹊华桥和相去不远的司家码头的："一个在济南城西商埠的旅客，当他想去游览大明湖时，可以雇街车从商埠地出发，经普利门、估衣市大街，然后再进泺源门，经西门大街向北打弯，走布政司大街，折入贡院墙根，而直达百花洲旁的鹊华

鹊华桥外停泊的游船（摄于1939年）

桥——这里是大明湖南部的边缘了。这鹊华桥是一座不甚高的小石桥，横跨在百花洲与大明湖的接口处。登在桥顶上遥望过去，那么远远的鹊山和华不注山正迎面地对立着，而大明湖和一角的水波也在人家住屋的墙隙间可以望见，所以鹊华桥的命名大概是由鹊山和华不注山而来的。从鹊华桥步行向北，便到司家码头。在那近旁有一座亭庙的建筑，里面可以看到大明湖的水源。有一个石梁，石梁的南方便是泉流，石梁以北便是大明湖。那泉水流得非常急，在冬季里，水面上发散着一股浓烈的蒸气，好像一座热水炉子似的。在那石梁旁边，靠着大明湖，有一列不甚高的小屋建筑，里面有卖小吃的，可以一面品茗，一面遥看大明湖的景色。”

这段文字的作者名叫倪锡英，他1911年生于无锡东亭镇大厦村，是明代大诗画家倪瓒的第21世孙，最初在北新书局《小学生》杂志当编辑，后来去了徐州民众教育馆工作，“都市地理小丛书”就是他被中国社会教育出版社派往各地做社会调查时所作。在这些书中，他图文并茂地记载了这些城市的历史沿革、地理形势、交通、名胜，对这些城市的人文过往也都有颇为细致的描述。他生动的笔触，为这些都市留下了丰富的记忆。在倪锡英的眼里，济南的风景线是由“湖”“山”“泉”三种因素构成的：“在济南民间有句谚语，叫作‘湖光山色与水清’，‘湖光’是指大明湖，‘山色’是指千佛山，‘水清’是指趵突泉。这三样法宝，造成了济南风景美的主要骨干，这个美点如果表露地说出来，那就是刘铁云氏在《老残游记》上所写的‘家家泉水，户户垂杨’两句话。济南的最可爱处，就美在这个‘家家泉水’上面。”

在鹊华桥外的码头，倪锡英看到的游船是这个样子的：“那游艇的式样，很有点像南京秦淮河和苏州阊门外的画舫。而内部的布置却又较胜，舱位很宽，可以容纳二三十游人。在那广阔的

百花洲水道连通着大明湖码头（摄于1950年）

船身上，搭起雕镂着花纹的棚盖，仿佛是一座水上亭阁。我们从轩敞的前棚走进去，中央有一座画屏挡着。那画屏上用曲折的木条构成图案，中间几个玻璃框里，嵌着几帧世俗的没骨花卉。画屏左右是两个门框，从此通到内舱。这内舱的布置是相当精雅的，舱房的两旁，全是玻璃窗，从顶边一直到船舷，仿佛像一间照相室，又像一座花房，光线非常明朗。中间有一张长方的大菜台，台上安放着陶瓷饰物，花瓶里插上一些彩色纸花，四周围着七八张小方杌，两旁又分列着茶几和座椅，竟是一间精致的小客厅。在那舱房的最后部，还安放着一张大炕床，铺上绣花的垫褥，以供游人们随意休憩。我们心里不禁暗暗地想着，这座小小的游船，差不多把家庭间享乐的家具都置备完全了……船夫用竹篙点动湖泥，船就平稳地向前移动。我们拥衾坐在炕床上，眼看那玻璃窗砌成的湖景，好像一方方的活动图画。”

觉得鹊华桥外游船好的不只是倪锡英，1920年至1924年曾在济南省立一中上学的崔万秋认为济南的游船比西湖的游船还讲究：“大些的游艇布置得富丽堂皇，四壁书画。高官显宦，常常在游艇上宴客……有钱的人家，包一只游艇，一家大小全集在艇上，吃酒猜枚、鼓歌吹笙的很多。”

有些人在看船里的装潢陈设，有些人则关注另外一些事情。1938年来济南游玩的吴乃礼是这样记叙鹊华桥外游船的：“鹊华桥的构成，并没有桥梁的形式。一座大门罩之下，横七竖八地搭上了条石，接连了便是土埂的游船码头，在这里自初夏至深秋，搭起席棚，摆上了藤竹木椅，有人卖茶和清凉饮料，门口车马嘈杂，觉得紊乱不堪。游船的形式和北京朝阳门至二闸的船相同，不过在船舱的前面，都有一副木刻题联，有些船的联对，却也出自名人手笔，油漆颜色，倒是红绿鲜明。假若你没有经验的话，脚步尚未踏到鹊华桥，已竟有大批船家来包围，一律山东口音，语言急切，很有使你听不明白之可虑。讨价的荒谬，出诸一般人意想之外，到过江南的人，总该明白，凡是‘湖’没有不可以陆游的，水游不过是鉴赏水色山光而已。”显然，吴乃礼是个“俗人”，他没有仔细地看游船内的摆设和船外的风景，而是一味盯着嘈杂的车马以及紊乱不堪的环境，沉迷于“讨价的荒谬”中：“用周游全湖的标题向船夫磋商船价，会有上当的可能。最低的也要讨价至二三元，你还价的时候，若以讨价三分之二论还，他们已经算是大功告成。假若你是一个人很寂寞地商定了终日游船，船家们窥察出你的意旨以后，会有特别的新供献，不过需索之昂，尤称伟大。”

“讨价的荒谬”，不只是出乎吴乃礼一个人的意想之外，民国时期的另一位游客宗流记述道：“这时傍在岸旁的船户来招徕主顾，他讨价一块半钱，我们出不起这样高昂的价格，我们掉头不顾，回身走了。为经济条件所限制，我们决心不游湖了，但船户紧紧地盯住我们不放，自愿跌价到一块钱。葵还价五毛钱，结果六毛钱成交了……但也许游船的黄金时代是过去了。在这年头儿，萧条的穷冬，谁还有悠闲的情趣到旷野里来喝风？傍着埠头画舫的行列，冷落地没有半个顾客。买十个大子花生米，蹈上船，船解了缆，船大哥把篙子一点，离了岸，在湖浜梢的狭塘里航行着。”

鹊华桥下，善于讨价还价的人不止一个，1934年来济南的一位游客给了我们这样的描述：“这里停着的船只很多，大小不一，可是完全不和杭州西湖里的游船一样的那般轻巧便利，真是美中不足。不过，这里的船资倒是很便宜的，把整个大明湖都玩到了，也只要五角钱。不过，假使你不装作很内行的话，那他就要你一二元了。”显然，他是砍价的行家——非常自然地装作了“很内行”。

大明湖的游船（摄于1939年）

另一位民国游客的关注点稍有不同，他并不在意讨价还价，而是关注那划船的杆子：“也许你被我这一说，倒提起兴致来了，立刻要来一次明湖泛舟。好的，这很方便，只要你到了湖旁，马上就会看到无数大大小小的游舫。它不及瘦西湖中的白布篷的游艇来得精致、轻捷，而略显缓慢、滞重；也没有年轻地带着浅笑的船娘招徕游客，出现在你眼前的，多半是穿着一件蓝布衫儿或白布衫儿的坚强而结实的汉子，朴实的脸上挂着迟钝而又谦和的山东人常有的笑。划船也不是用一支纤长的竹篙，而是用一根比竹篙笨重的木杆。”准确地讲，这已经不是“划船”了，而是“撑船”，所用的也不是竹篙，而是一根粗笨的木杆子。

对于济南这种奇特的划船方式，周作人有更深的印象。1924年6月，中国现代著名散文家、文学理论家、翻译家周作人应邀来济南演讲。6月1日下午，他约了四个朋友去游大明湖，就是从鹊华桥乘船的，他在鹊华桥外见到的是这样一种游船：“这是一种‘出坂船’似的长方的船，门窗做得很考究，船头有匾一块，文云：‘逸兴豪情’，——我说船头，只因它形式似船头，但行驶起来，它却变了船尾，一个舟子便站在那里倒撑上去。他所用的家伙只是一支天然木的篙，不知是什么树，剥去了皮，很是光滑，树身却是弯来扭去的并不笔直；他拿了这件东西，能够使一只大船进退回旋无不如意，并且不曾遇见一点小冲撞，在我只知道使船用桨橹的人看了不禁着实惊叹。”

对于鹊华桥游船样式及撑船方式感到诧异的，不只是周作人，1934年另一位来济南的游客这样写道：“最奇怪的，就是大明湖的游船。并不似西湖和瘦西湖、秦淮河画舫一般精美，最是你惊奇的，是没有船尾和行船的主要橹桨，好似是寻常船的一半，只有船头和船舱。船舱上面，搭着白布的凉篷，放着一张藤桌、几张藤椅；船头之上，却可怜的一无所有，只矗立着一支长有丈余、似钢叉般的树枝，这便是船家作为行船的唯一篙子。在没有游过大明湖的人，见了这简陋的游船和奇怪的树枝，便得使你游湖的兴致去了一半，可是撑进了湖的中间，细细地点了湖水泡的龙井茶，竟可以使你不再想到名闻天下的西湖画舫，更不用谈到扬州瘦西湖和南京的秦淮河了。”这位游客没有感叹鹊华桥码头的嘈杂，也没有在意怪异的撑船方式，他只是“细细地点了湖水泡的龙井茶”，就沉浸在济南水景中，不去想那天下闻名的西湖了。

鹊华桥外的码头上，不论是富丽堂皇的画舫，还是那些砍掉头尾的“简陋的游船”；不论是撑船的“坚强而结实的汉子”，还是撑船用的那根“奇怪的树枝”；不论是精美的，还是简陋的，都能让人不再去想别处的风景。这，也许就是济南山水风光的独特魅力吧。有如济南人包容的性格，初见他并不觉好，接触久了就再也离不开了。

烧大肠与书肆同在

被誉为济南后海的后宰门街，位于山东省济南市历下区大明湖街道办事处辖区内，东起县西巷北口，西止曲水亭街，北通岱宗街、钟楼寺街，南邻院后街，通珍池街。长406米，宽4.6米，沥青路面和石板路面结合。

后宰门街是至迟在明代就已经存在的老街，最初名为百花桥街。因该街在百花洲南岸，街中有一座百花桥，桥以百花洲得名，百花桥街又以桥得名。明崇祯十三年（1640）《历城县志》记载：“百花桥街，德府后”——后宰门街这个名字就源自德王府。

后宰门街上的支巷

明成化二年（1466），德王朱见潾修建德王府。人们一直说“后宰门”是德王府的后门，这是不对的，因为德王府的后门是广智门。从来没人提及过，广智门外其实还有一道门，“后宰门”就是广智门外萧墙的栅栏门。明代的德王府有四座大门：南曰端礼，北曰广智，东曰体仁，西曰遵义。王城之外，还有一道城垣，即萧墙，高二丈许，也开四门，向南是午门，东曰东华门，西曰西华门，北曰后宰门。所以，就有了后宰门街这个称呼。至于说“后宰”是“厚载”之讹，那更是无稽之谈。

后宰门街东临旧历城县衙，西至曲水亭街与文庙、芙蓉街相连，南接珍珠泉德王府，北通百花洲、大明湖，地理位置优越，明清以来一直是一条商业街，店铺林立，摩肩接踵，一片繁华。文化内涵丰富，却又有浓郁的商业氛围。清代，后宰门街上书局、刻字铺、宣纸铺、湖笔铺林立，顾客以文化人居多，偏又有许多旅社、饭馆、古玩店。有仙气，又有市井气。那些店铺中，既有小旅馆、小饭铺、小文具店、小杂货等小店，也有闻名遐迩的老字号。其中最为有名的非九华楼饭庄、同元楼饭庄、庆育药店和远兴斋酱园四大名店莫属。

九华楼饭庄位于街巷东头和县西巷交界处，路南是一幢砖石结构的二层小楼，为富商杜氏于清光绪初年所开，以烹制鲁菜“九转大肠”称誉济南。据传说，有次店主杜某宴客，以“烧大肠”上席，客人品尝之后称赞：道家善炼丹，有九转仙丹之名；食此佳肴，可与仙丹媲美。为了迎合店主喜“九”之癖，并赞誉厨师烹饪技艺高超，客人遂以道家术语“九转”赠名为“九转大肠”，意思是说，九华楼所烹制的“烧大肠”，其功夫犹如道家炼丹之术那样讲究。从此，九华楼创制的“九转大肠”声名远扬，作为济南的代表菜肴跻身于鲁菜菜系名菜的行列，传遍全国各地的鲁菜馆。九转大肠的制作方法十分讲究。烹制时，厨师要下料狠，用料全，调料中要有名贵的中药，如砂仁、肉桂、豆蔻等。经过精烧之后，大肠红润光亮，肥而不腻，兼有酸、甜、香、辣、咸五味，食后令人回味无穷。九

福慧禅林修复前的彩绘

华楼后来渐渐衰落下去，几经转手后成了戴家的住所。

同元楼饭庄，过去坐落于后宰门街路北，系由历城董家镇吕正兴于1912年所创办。它在当时不仅是后宰门街最大的饭店，在济南餐饮业中也首屈一指。同元楼除擅长烹饪糖醋鲤鱼、荷花粉蒸肉、罐儿蹄等传统鲁菜外，其赢得顾客胃口的还有蒲菜猪肉灌汤包、金丝卷、银丝卷等各色面食。尤其是精制的蒲菜猪肉灌汤包，采用大明湖新鲜蒲菜和刀切肉馅，用上好作料腌好后，又创造性地加进高汤肉皮冻，出笼后清香扑鼻，咬一口肥而不腻。其后院有一水池，池中引来珍珠泉活水，以蓄养鲤鱼。顾客选中池中之鱼，即可当即烹制，因而更为老济南食客所喜爱，生意十分兴隆。此外，该店还有老济南在宴会上称之为“大件”的一道名菜———冰糖肘子，它是将大块带皮的肘子洗净，加上酱和冰糖，放进锅中烧炖，肉烂味浓，宴会上宾主举箸相让，只要用筷子轻轻一划，皮即脱掉。该饭庄于1950年悄然歇业。

庆育药店坐落于街巷中段路北，创办于清光绪年间。清代同治年间，红顶商人胡雪岩在杭州创办了声名显赫的“胡庆余堂”中药店，一时各地效仿者颇多。一名尹姓商人看中了后宰门街这块风水宝地，便开办了庆育药店。虽是模仿，但药品都是货真价实，尤其是招牌药“至圣保婴丹”，成为治疗多种儿科杂症的良药，饮誉济南。当时老城区一带谁家的小孩生病，“不服保婴丹，便吃鹧鸪菜”。20世纪50年代，庆育药店歇业。如今，当年的中药作坊已变为民居。

远兴斋酱园分号位于同元楼以东，是过去济南最大的酱园，其店铺由后宰门街一直延伸到珍池街中段的珍池，占据了后宰门街南北多处院落，其门面房共有七间。老字号远兴斋开设于清末民初，该店开设于清末民初，店主为章丘人李姓。酱园以其自制的酱菜和玫瑰池烧酒闻名于世，而其制造的产品则是利用珍珠泉一带的泉水腌制或烧制的，因而颇得老济南顾客的青睐。该酱园生意最火时，有300多个能装250多公斤酱菜的大缸，占据了店面西南端珍池的多处院落。如今，远兴斋早已歇业，人们只能从其残存的建筑中想象其过去的存在和风采。

后宰门街上有文化气息，能解口舌之欲，还能找到精神归属。后宰门街有浓重的宗教氛围，集道教宫观、寺庙、基督教堂于一街。庙宇主要有碧霞宫、关帝庙、福慧禅林院、基督教堂。

关帝庙（摄于1928年）

碧霞宫位于后宰门街路北，今岱宗街处，俗称“娘娘庙”，创建于明正德十一年（1563）。庙宇内祀泰山神碧霞元君。碧霞宫曾是明代德王府的家庙，清代附近又建有雨师庙、风神庙。此庙宇于“民国”年间即成为警察局，新中国成立后则改为岱宗街小学。1975年由济南六十六中学使用，后又改为民宅。

关帝庙位于后宰门街东首路北，与济南府学文庙遥相呼应，构成一东一西，一文一武的格局。《历城县志》载：“关帝庙，即今武庙，在厚载门街。汉寿亭侯前将军关公庙，在德府后。”这座关庙建于宋代，初名“汉前将军寿亭侯庙”，由山东指挥使张瑾建造。济南府学文庙亦是始建于宋代，建筑规模和时间上同样居济南之最。明代嘉靖年间经德王扩建，清代康熙、乾隆、嘉庆年间又先后重修，前后大殿分别置关羽、姜太公塑像。乾隆二十五年，清帝为关帝改谥，“钦定‘神勇’二字，布告中外。于是纶音所播，凡通都大邑，下逑暇陬绝徼，靡不崇饰庙貌以易观。惟山东密迩畿辅，奉诏最先。”济南重修关庙，“计木石瓴甓之属，工役之需，糜白金千七百有奇”。光绪三十二年（1906），省城巡警总局由南营兵房迁来，下辖城内三区、城外三区六个警署和商埠、东北乡、西南乡三个警署。光绪三十四年（1908），山东巡抚奉令裁撤省城巡警总局，这里又改设为山东巡警道。警察学堂亦曾设在庙内。以山东省政府参议沙月坡为会长，关帝庙住持僧学登为副会长的山东佛教会受中华佛教会之命1928年成立后亦驻于此，佛教会有信徒200余人，多为各庙僧尼。新中国成立后，关帝庙成为钟楼寺派出所驻地和民居所在。

福慧禅林院位于原后宰门街11号，相传始建于唐朝，明、清两代曾多次重修。该庙宇在新中国成立后为后宰门副食品店占用，拆除了原山门、东西殿，改建成门市部楼房。福慧禅林大殿面阔3间，进深3间，抬梁式木构架，青砖及料石砌筑墙体，绿琉璃瓦屋面，带前廊硬山式建筑。东西长12.08米，宽8.09米，建筑面积111.81平方米。福慧禅林大殿是济南老城区仅存的佛教大殿，据发掘出的残碑记载，福慧禅林大殿最近的一次维修是在1939年。2011年，大殿整体抬升修葺。

后宰门教堂为一青砖灰瓦的小楼，古朴典雅，与北侧的百花洲相映成趣。教堂约建于20世纪20年代。美南浸信会于1921年在此购房做教会会址，成为教会所属的一个诊所。1937年后，在济的美国信徒May出资一万元，在教会诊所的基础上又买了两处民宅，建造了礼拜堂，当时的礼拜堂东西宽10米，南北长15米。教堂建成后，由美国南浸会教士拿约翰主持教堂事务。新中国成立，美国教士撤走，由中国牧师接管教堂事务。1985年政府将教会房产返还。1986年4月的复活节，后宰门教堂恢复了宗教活动。1993年4月教会将礼拜堂进行了重建，成为目前这种两层礼拜堂的格局。2017年再次重建，建筑体量愈加高大，在后宰门街上的那些传统老建筑中非常突兀。或许，这就是所谓“文化的碰撞”吧。

第八章

教育界的先生们

有趣的是，近代的百花洲总能吸引一些『教书匠』。他们或途经此处，或客居于此，又或在这里为教育事业做出一番作为。

胡适：偏不信那佛山倒影

1922年10月12日，有一位身着长袍、脚蹬皮鞋、眼戴玳瑁眼镜的先生踅进后宰门街上的“山东书局”。一番挑拣之后，他满意地拎了一摞书出来。这人，名叫胡适。

胡 适

胡适（1891年12月17日—1962年2月24日），曾用名嗣穈，字希疆，学名洪骍，后改名适，字适之。思想家、文学家、哲学家。以倡导“白话文”、领导新文化运动闻名于世。

胡适是个博士。1922年10月9日至19日，胡适来济南参加第八届全国教育联合会会议，这是他这一年中第二次泉城之旅。第一次，是在7月2日至9日，胡适到济南参加中华教育改进社第一次年会。这一次，胡适住在津浦铁路宾馆，他在济南的行程只有四项活动：开会、讲演、游玩、逛书店。

10月12日，胡适游大明湖，经历下亭、北极庙等，来到了雅园。雅园在司家码头附近，就在百花洲的东北方向。当时，胡先生所看到的大明湖，已被一垄垄的芦苇分割开来，看不到一片大明的景象了。据史志记载，明清时期大明湖面积有六十多公顷，至民国年间湖面已大大缩水，除历下亭、铁公祠及其周围不足两公顷的公产，由政府派人管理外，其余大部分湖面都归私人所有，各户湖田以地埂为界，分散种植。在这种情况下，来往舟船只好在湖中曲折行进，游人的视线被芦苇和树木遮挡，往日大明湖“湖光浩渺，一片大明”的旖旎风光已难得一见。

为舒愤懑，胡先生写了一首《游大明湖》的诗：

哪里有大明湖？

只看见无数小湖田，

无数芦堤，

把一片好湖光，

划分得七零八落！

这里缺少一座百丈的高楼，

使游人把眼界放宽，

超过这许多芦堤柳岸，

超过这种此疆彼界，

依然寻出一个大明湖。

当月22日，这首诗发表在了《努力周报》上。

牢骚满腹的胡适先生，在大明湖畔还发现了一个巨大问题，他认为济南名景“佛山倒影”是虚妄之说。

“佛山倒影”是济南近代著名景观之一。晚清小说家刘鹗在《老残游记》“历山山下古帝遗踪，明湖湖边美人绝调”一回中进行了描述：“到了铁公祠前，朝南一望，只见对面千佛山上，梵宇僧楼，与那苍松翠柏，高下相间，红的火红，白的雪白，青的靛青，绿的碧绿，更有那一株半株的丹枫夹在里面，仿佛宋人赵千里的一幅大画，做了一架数十里长的屏风。正在叹赏不绝，忽听一声渔唱，低头看去，谁知那明湖业已澄净得同镜子一般。那千佛山的倒影映在湖里，显得明明白白。那楼台树木，格外光彩，觉得比上头一个千佛山还要好看，还要清楚。”

千佛山距大明湖有十几里路，海拔并不高，很多人依此认为其影不可能映入湖中，怀疑是刘鹗杜撰出来的。蔡元培的女儿当年带着《老残游记》去游大明湖，并没有看到“佛山倒影”的景象，在最后失望

站在大明湖北岸远眺南山（摄于1903年）

而归。此时，胡适游湖时寻访此景不遇，更认为“佛山倒影”是无稽之谈。后来，胡适在《〈老残游记〉序》中这样写道：“《老残游记》里写景的部分也有偶然错误的。蔡孑民（蔡元培，字孑民）先生曾对我说，他的女儿在济南时，带了《老残游记》去游大明湖，看到第二回写铁公祠前千佛山的倒影映在大明湖里，她不禁失笑。千佛山的倒影如何能映在大明湖里呢？即使三十年前大明湖没有被芦田占满，这也是不可能的事。大概作者有点误记了罢？”观赏佛山倒影景观须在春秋季节日出或傍晚之时，站在大明湖北岸小沧浪亭附近观看，当年刘鹗就是在这些条件同时具备的情况下，看到了那奇特的景观。胡适来济南时，湖中已被芦苇分割成一片片的湖田，他未在合适的时间，适当的地点，自然看不到佛山倒影了。

在雅园吃过饭，胡适溜溜达达来到后宰门街上的“山东书局”买书，收获颇丰。有万斯同的《明乐府》、湖北局本《朱子年谱》、金吴澜的《归顾朱三先生年谱》、朱记荣的《行素草堂目睹书目》、孔广林的《通德遗书所见录》、光绪刻本《有明越人三不朽图赞》、施补华的《泽雅堂集》、丁晏的《楚辞天问笺》，以及吕晚村的《东庄诗存》、顾太清的《天游阁诗》、章实斋的《信摭》、高士奇的《江村消夏录》，这几种是《风雨楼丛书》的零散品种，“京沪都不可得”。

14日，胡适应邀到山东省第一师范学校做过《思想训练的原理》的讲演。

15日上午，胡适与山东省立第一师范校长王祝晨等人一起游览了黑虎泉和千佛山。胡适这样评价说：“黑虎泉甚平常。千佛山很好，山上有寺，有隋开皇时造像。我们爬上山顶，可望见济南全城、黄河及泰山一角。我们坐在山顶上大谈，很高兴。回到寺里，又大谈。一时半下山，到和丰楼吃饭，又大谈。”

16日，济南第一中学校长完颜祥卿来邀请胡适去一中演讲。胡适与其聊了一些女真人的话题，完颜祥卿是女真人，听女真后人讲女真姓氏就非常有意思了。胡适在日记中写道：“（济南）第一中学校长完颜祥卿来谈。他是女真之后，现在益都，至今保持原姓。他说，完颜一族改汉姓者共有三族：一为颜；

一为王，完颜本义为王；一为汪，即含金水之意。他又说，满洲人改汉姓的，亦不乱改，各有意义，如瓜尔佳本义为关，故改姓关；查拉本义为弓，故改姓为张；伊尔根觉罗本义为兆，故改姓赵；纥恩烈本义为高，故改姓高。”

18日，胡适应邀到济南一中做《科学的人生观》讲演。当时，山东工业专门学校、矿业专门学校、正谊中学、育英中学、济南第一女子师范等都曾相邀过，因为胡适在济时间有限，不得不一一婉言谢绝。在一中演讲之后，胡适又到后宰门街上书店中购买了石印的《元秘史注》《元史译文征补》。

时值北大风潮，学校来电催归，胡适于10月19日上午回京，匆匆结束了这次济南之旅。

胡适走了，但他发现的“大问题”仍有许多人试图去寻找答案。

吴天放，北京大学毕业，在一家刊物当诗歌编辑。1923年吴天放曾来过济南，他后来在《谈游明湖》一文中说道：“胡适之先生那时也在济南，我曾寄书约他去逛，并要他当着明湖下个精确的判断。”

1924年，周作人来到济南。他在文章中写道：“大明湖的印象仿佛像南京的玄武湖，不过这湖是在城里，很是别致。清人铁保有一联云：‘四面荷花三面柳，一城山色半城湖’，实在说得湖好，（据老残说这是铁公祠大门的楹联，现今却已掉下，在亭堂内倚墙放着了），虽然我们这回看不到荷花，而且湖边渐渐地填为平地，面积大不如前；水路也很狭窄，两旁变了私产，一区一区地用苇塘围绕，都是人家种蒲养鱼的地方，所以《老残游记》里所记千佛山倒影入湖的景象已经无从得见，至于‘一声渔唱’尤其是听不到了。”周作人虽然没看到“佛山倒影”的景象，但他并不就此认为《老残游记》里所记是假的。

梁斌是我国现当代著名作家，《红旗谱》《播火记》《烽烟图》的作者。20世纪30年代初，梁斌曾来过济南，在山东剧院学过京剧。50年后，梁斌回忆道：“当时济南还有趵突泉、黑虎泉、珍珠泉——此泉在省政府中，不能常去。城南八里有千佛山，丛林庙宇，乃游人捷足之地。不过《老残游记》上说的‘千佛山倒影水中’，不是能够常见到的景物，只有晴明的日子，坐上游船仔细端详，才能见得到。因千佛山离城八里，怎么能常见到倒影呢？”梁斌小心翼翼地看到了佛山倒影，他仿佛是在回应胡适——佛山倒影，怎么能常见到呢。

鞠思敏与正谊中学

在百花洲的北岸，鹊华桥以东，东西钟楼寺街以西，曾有一条不长不宽的街，最初名叫闫公祠街。1946年，为纪念齐鲁四大教育家之一、私立正谊中学的第一任校长鞠思敏，将闫公祠街改为思敏街。

1902年10月，山东巡抚周馥命山东大学堂附设师范馆，地址位于百花洲西南原济南贡院内。1903年9月，师范馆从山东大学堂独立更名为山东全省师范学堂，至此山东师范教育正式形成。1904年8月，山东师范学堂招生，全省各县的举人、贡生共有420多人报考，最后录取了80余人，鞠思敏名列其中。

鞠思敏

鞠思敏，原名鞠承颖，字思敏，1872年生于山东省荣成县城老衙门前街一个书香门第。鞠思敏6岁读书，20岁中秀才，21岁补廪，曾在荣成县马山大疃任塾师。1904年，鞠思敏以县学廪生的身份被保送入山东师范学堂（1909年初改名为山东优级师范学堂）进修。他很看重在师范学堂的这段学习生涯，认为进入新型的师范学堂是“生命之始”，中西并举的全新学习是他不断接受新思潮、新思想的启蒙之路。1909年，鞠思敏在山东优级师范学堂毕业，任山东省视学。1911年3月，鞠思敏进京复试，中师范科举人，授七品京官衔。

早在1906年，在革命者刘冠三的介绍下，鞠思敏就加入了同盟会。1911年，鞠思敏与刘培源、曲璜返回荣成发动光复运动，逐走县知事，成立荣成县军政府。1912年1月，光复失败，其脱险返回济南。同年任山东省高等师范学校教务长，两年后又升任校长。在高师期间，鞠思敏殚精竭虑，完善了学科体系，并添置教学设备，增订科学书刊。一系列的举措，使山东高等师范学校迅速展现出全新的面貌，成为当时全国四大高等师范学府之一。

鞠思敏的教育思想和办学实践，对山东教育的发展产生过巨大的影响。1913年，他发表了著名论文——《国民教育谭》，提出改革教育的主张："居今日而解决教育之根本，与负教育上之急务，首当与吾国最近教育史上，不正确之言论、思想、希望所构成之社会宣战，并与老大之国家、旧染之民，革新更始。举国民普通之弱点，不能生存之大患，足以亡国、亡种之内容真相，拔本塞源，扫除而廓清之，庶国家人民，有发达进步之一日也。"

无论在哪所学校，鞠思敏聘请教师，只看学问，不计政治信仰。1929年，鞠思敏被聘请筹办山东省立第一乡村师范学校。当时，全国正处在白色恐怖之中，鞠思敏不畏强暴，使济南乡师成为学生运动和地下党组织活动的基地，有"红色乡帅"的称号。鞠思敏还及时转移处在险境中的进步学生，接济被捕入狱的革命志士。当国民党当局迫令鞠思敏开除进步学生时，他搬出他"办教育以来从不开除一个学生"的说法顶回去。行政当局对鞠思敏的言行深为不满，并示意其辞职，遭断然拒绝。1932年夏，当局不顾社会舆论，下令撤销了他的乡师校长职务。后又许以省教育厅视察员职务，月薪80元，让其在家养老，鞠思敏坚辞不受。

鞠思敏一生中最值得称耀的事，就是创办了正谊中学。

正谊中学创办于1913年9月8日，位于百花洲东北方的阎公祠旧址。创办人是鞠思敏、蒋衍升、高彭年、王祝晨等六十多人，他们要么是参加过辛亥革命的同盟会会员，要么是山东省优级师范学堂的毕业生，要么是教育界知名人士。

正谊中学

正谊中学大门

正谊中学之校名取自于《汉书·董仲舒传》，“正其谊不谋其利，明其道不计其功”，语意为做任何事情都是为了匡扶正义，而不是为了个人的利益。学校牌匾由邓树屏题写，1931年改由国民党元老于右任题写。

正谊中学第一任校长是鞠思敏，副校长王祝晨，任课老师大多是亲友同学，为扩大学校的声誉，还高薪聘任了名教师。开办经费由创办人捐助，以学费收入支付日常费用。鞠思敏虽然被推任为校长，却不取学校分文报酬，不仅如此，他还从“高等师范学堂”所得的薪金中，挤出大半捐助给学校。教师们亦志同道合，齐心协力，致力于教学育人。

1916年，经提请省公署批准，阎公祠正式划为正谊中学的校产。鞠思敏命人运土石填充了院内荷花池及潜亭东西湖田作操场，又将池东假山石移到小河南岸。1918年，学校兴建了西北楼18间和4间平台教室；1920年，兴建了东北楼8间教室；1921年，兴建了东南楼教室8间；1922年，兴建了南楼教室16间和办公室，及教职工宿舍……经过历年建设，校园内亭台楼阁错落有致，高大的杨柳把院内的嶙峋假山、小河石桥，以及教室大部遮盖。站在北楼潜亭上向北望去，大明湖内的历下亭、北极庙、铁公祠等尽收眼底。因为那优美独特的校园风情，与北京燕京大学的燕园有些相近，故而曾有人把这里称之为“小燕园”。

为了营造学习氛围，鞠思敏还邀请不少南北教育界名人，如黄炎培、陶行知、张伯苓等来校讲演，使学子们受益匪浅。随着教育质量的提高和教学设备的完善，正谊中学的招生规模不断扩大。从建校到改为公办，正谊中学的历届毕业生有3 000余人。鞠思敏对正谊中学有深厚的感情，亲自谱写了校歌：

“泱泱海表，巍巍岱宗。惟兹正谊，蔚起吾东。精诚贯明，浩气吞长江，大建筑新经营，风雨变幻中，名士济济，一堂融融，艺术迈进，人格完成，信科学万能，信教育万能，应进代需要，以臻世界大同。”在创办正谊中学同时，鞠思敏还创办了两家附小，在黄台还建了分校，在北园郊区建立了五处民众学校并设有农业试验场。鞠思敏还有成立济南私立正谊大学的计划，终因济南沦陷未能实现。

正谊中学在招生时非常独特，不仅不去争抢优质生源，反倒有意错后招生时间，为的就是尽可能把其他学校的落榜生招录其中。鞠思敏的观点是：“够学龄的青年都应该受教育。教育者应当尽到最大的责任。”因此，鞠思敏被友人们戏称为“收破烂”校长。在这位校长的引领下，这所学校相继走出了季羡林、王幼平、孙思白、王统照等著名学者。

毕业于正谊中学的季羡林曾这样回忆鞠思敏：

“我想先谈一个人，一个我永世难忘的人，这就是鞠思敏先生。”

“我少无大志。小学毕业以后，不敢投考当时大名鼎鼎的一中，觉得自己只配入“破正谊”，或者“烂育英”。结果我考入了正谊中学，校长就是鞠思敏先生。”

正谊中学内景

“同在小学里一样，我在正谊也不是一个用功勤奋的学生。从年龄上来看，我是全班最小的之一，实际上也还是一个孩子。上课之余，多半是到校后面大明湖畔去钓蛙、捉虾。考试成绩还算可以，但是从来没有考过甲等第一名、第二名。对这种情况我根本就不放在心上。”

“但是鞠思敏先生却给了我极其深刻的印象。他个子魁梧，步履庄重，表

位于县东巷的鞠思敏故居

情严肃却又可亲。他当时并不教课，只是在上朝会时，总是亲自对全校学生讲话。这种朝会可能是每周一次或者多次，我已经记不清楚。他讲的也无非是处世待人的道理，没有什么惊人之论。但是从他嘴里讲出来，那缓慢而低沉的声音，认真而诚恳的态度，真正打动了我们的心。以后在长达几十年中，我每每回忆这种朝会，每一回忆，心里就油然起幸福之感。”

“以后我考入山东大学附设高中，校址在北园白鹤庄，一个林木茂密，绿水环绕，荷池纵横的好地方。这时，鞠先生给我们上课了，他教的是伦理学，用的课本就是蔡元培的《中国伦理学史》。书中道理也都是人所共知的，但是从他嘴里讲出来，似乎就增加了分量，让人不得不相信，不得不去遵照执行……”

异地恢复的思敏街

济南沦陷后，日伪汉奸曾多次邀请鞠思敏出任教育厅厅长，均被坚辞回绝。从事教育数十年，鞠思敏一直出资兴办学校，并资助贫苦学生无数，因此家徒四壁，只能依靠女儿鞠文佼的薪水清贫度日。最困难时，每天只能吃开水泡煎饼加上一点儿咸菜，勉强度日。1944年8月7日，鞠思敏在贫病交加中去世，时年72岁。

出殡之日，他的学生、朋友从四面八方赶来，送行的队伍长达数里。就如季羡林写道的那样："在我们这些人的心中，鞠先生将永远是不死的。"

吴秋辉：将留若引行复歌

1924年，著名学者胡适到济南演讲《诗经》，礼遇甚隆。对《诗经》颇有研究的吴秋辉闻悉此事之后，于演讲的前一天晚上找到胡适下榻的津浦铁路宾馆，与其交谈了两个多小时。早在两年前，胡适来济参加教育会议，他在日记中写道："席后闲谈甚久；于丹绂（明信）说，此间有一位吴秋辉先生，说周公封于鲁，不是曲阜，乃是河南的鲁山附近。他有金石可证。此说与我相合，当访问此君一谈。"两年后的这一谈，令胡适改变了既定行程，嘱人订购了回程车票，取消了演讲，于翌日清晨乘火车返回了北京。学界对吴、胡二人那天晚上的谈话内容虽不甚了了，然皆知吴秋辉在《诗经》研究方面的造诣非常深，胡适当非其对手。

吴秋辉是一个怪才。"他的相貌生得很古怪，是一个像干姜般的老头儿。下颏上生着历历可数的几根髭须，又粗又硬，一律向外挺着；只有一只眼睛，而且特别小，但是锐利有光，令人几乎不敢逼视。"《临清县志》载：吴秋辉"为人貌寝又不修边幅，而天才卓越，目空千古，视时辈蔑如也"。吴秋辉喜欢昼眠夜作，每天下午六时以后起床，八时以后吃饭，在夜里从不睡觉。据说，他曾五年没见过太阳，以至于有时自己都不知道自己是人还是鬼。他常说：在白天什么声音都有，绝不能研究学问，唯有万籁俱寂、夜趣独得的时候，才是他思维活动的良机。夜间读书或著作，一夜抵十日之功，可惜世上糊涂人太多，不知利用这种境界，所以在学术上永远没有明白的时候。

就是这样一个怪老头，才高识远，每有所述，旁征博引，反复论证，证据确凿，义旨宏远，使闻者惊心，见者叹服，当时的学界很少有人是其对手。吴秋辉治学不重走前人之路，不重复古圣先贤之言，恒以古之所是者非之，古之所非者是之。他在对《诗经》进行了系统深入的研究后，提出了许多与历代研究者皆不相同的见解。他发现《诗经》三百篇，几乎没有一篇无问题。康有为曾游学到济南，应邀做了一次公开演讲，内容大致是根据《礼记》，阐述其“大同”主张。康有为此次的演讲词被刊登在报纸后，却传来了吴秋辉的驳斥。康有为予以反诘，但笔战一开，几个回合之后，康有为便草草收兵，匆匆离开了济南。梁启超在读了他著的《学文溯源》后，称他有真才实学，才冠侪辈，并视其为“平生难得的天涯知己”。吴秋辉曾说过：“吾将在古代文化史上开一新纪元，而在学术史上起一大革命。”果然，他成为当时卓越的史学家、语言文字学家。

100多年前，吴秋辉在百花洲附近曾作过一首《曲水亭歌》，诗是这样写的：

曲水亭水春始波，朱楼临水高峨峨。
美人微醉朱颜酡，将留若引行复歌。
先为防露后阳阿，八琅铿铿杂云和。
头上三雀金盘陀，腰间玉佩鸣相摩。
回头一笑双红涡，酒酣更劝金叵罗。
三年雨雪阻关河，欲往从之愁鼋鼍。
天地扰扰生雕戈，侧身东望烟尘多。
荆棘蓟北埋铜驼，麦饭芜蒌寒滹沱。
一身漂泊蓬随科，风霜中人双鬓皤。
无复走马燕支坡，那更重观阿舞婆。
时来铜狄感摩娑，旧事过眼如南柯。
坐看秋绿换双蛾，男儿刺促将奈何。

这首诗文气十足，用典颇多。“先为防露后阳阿，八琅铿铿杂云和”句中，“防露”即房露，与“阳阿”均为古曲名。《文选·谢庄〈月赋〉》

曲水亭街

载：“徘徊《房露》，惆怅《阳阿》。”李善注云：“房露，盖古曲也……‘房’与‘防’古字通。”“八琅”则是指各种乐器发出的声音。中国古代根据乐器制造材料的不同，将乐器分为“金、石、丝、竹、匏、土、革、木”八种，称为“八音”。《史记·五帝本纪》记载：“诗言意，歌长言，声依永，律和声，八音能谐，毋相夺伦，神人以和。”琅，本义为似玉的美石，后用来形容清朗、响亮的声音。“荆棘蓟北埋铜驼”句，典出自《晋书·索靖传》。晋索靖有远量，知天下将乱，指铜驼叹曰：“会见汝在荆棘中耳！”后因此以“荆棘铜驼”喻世乱荒凉。“铜驼”指铜制的骆驼，古代置于宫门外；“蓟北”指位于蓟州北部的黄崖关长城，泛指长城关隘。“麦饭芜蒌寒滹沱”句典出自《后汉书·冯异传》。东汉刘秀在蓟，闻王郎等入邯郸称帝，与邓禹、冯异等昼夜急驰南下，至饶阳芜蒌亭，天寒风疾，冯异讨得一碗麦饭给刘秀吃，才得以前行。后因以“芜蒌粥”指在困乏中及时的济助。

吴秋辉喜欢济南，他虽生于临清，后半生却是在济南度过的。吴秋辉先后租住过南门里、皇亲巷、榜棚街及西更道等，其足迹遍布济南老城。吴秋辉曾说："道长半生，中间除旅京三年外，二十余年未出济南一步。"济南是吴秋辉的第二故乡，恃才傲物的他常游走在济南山水间。

晚年的吴秋辉常从西更道的寓所出来，经曲水亭街绕过百花洲，去大明湖游玩。吴秋辉在大明湖喝着酒，吟着诗：

芦芽短短柳丝丝，菱刺藤梢绿满陂。
向日花明汇泉寺，临风莺语铁公祠。
近湖池馆迷歌扇，背郭人家多酒旗。
最是一般惆怅处，小桃红上去年枝。

吴秋辉笔下，"临风莺语"的铁公祠是这个样子：

几处亭台几多杨，蒹葭露冷正苍苍。
水光上街摇诗笔，山色穿城入画廊。
坐久渐嫌秋意重，风来时带藕花香。
清游不觉碧天暮，隔蒲寒烟隐夕阳。

湖里的"山色"是千佛山的倒影，吴秋辉登上千佛山，赋诗道：

石径苔浓霜气深，连峰楼阁昼阴阴。
去帆影重天沉水，落叶声高风满林。
万叠云山迷望眼，十年湖海失初心。
当筵拟泛茱萸酒，近为伤秋恐不禁。

这样一个不爱出门的怪人，"九日登千佛山，屈指连年高登于此者已八次矣"。

就这样，孤傲的吴秋辉生活在他的学术世界里，偶尔看一下济南的山水风光，不经意地留下些诗文，过得还算惬意。

1926年冬，梁启超派研究生兰文徵等人专程来济南聘请吴秋辉到清华大学国学研究院任导师（该院的导师只有梁启超、王国维、陈寅恪、赵元任四位）。与此同时，北京大学研究院也派员来济礼聘吴秋辉任导师兼教授。尽管吴秋辉此时生活窘迫，但他还是都婉言谢绝了。吴秋辉说，不愿去的理由很简单，就是不想去讨人家的厌。

1927年5月28日，贫病交加的吴秋辉在离百花洲不远的西更道街寓所病逝，享年51岁。

瞿世玮：父子一别各东西

“山东济南大明湖畔，黯黯的灯光，草棚底下，一张小圆桌旁，坐着三个人，残肴剩酒还觑着他们，似乎可惜他们已经兴致索然，不再动箸光顾光顾……其中一个老者，风尘憔悴的容貌，越显得蔼然可亲，对着一位少年说道：‘你这一去……随处自去小心，现在世界交通便利，几万里的远路，也不算什么生离死别……只要你自己不要忘记自身的职务。你仔肩很重呵……’那少年答应着站起来。其时新月初上，照着湖上水云相映，萧萧的芦柳，和着草棚边乱藤蔓葛，都飕飕作响。三人都已走过来，沿着湖边，随意散步，秋凉夜深时，未免有些寒意。对着这种凄凉的境界，又是远别在即，叫人情何以堪呢？”

这位“少年”名叫瞿秋白，日后成了无产阶级革命家、理论家、文学家。“老者”名叫瞿世玮，是瞿秋白的父亲，字稚彬，道号圆初，是中国近现代史上著名的画家。另外一人则是瞿世玮的朋友、江苏同乡王璞生，做过山东乐陵县知事。王璞生在大明湖南岸百花洲东岸娘娘庙街（今岱宗街）15号路北有一所大宅子，是瞿世玮的房东。

瞿世玮与其子瞿秋白合影

1920年初，瞿秋白参加了李大钊在北京大学组织的中国第一个马克思学说研究会。8月，在北京求学的瞿秋白被北京《晨报》和上海《时事新报》选为特聘记者，派往莫斯科采访十月革命以后的变化。这次去苏联的目的，是“求一个‘中国问题’的相当解决，略尽一份引导中国社会新生路的责任”。面临如此遥远的旅途，他首先想到的，是“辞别我亲爱不忍舍的父亲”，临行前，他专程从北京赶到济南，看望客居百花洲的父亲瞿世玮，并向父亲辞行。

那夜大明湖畔小酒馆小酌之后，瞿秋白同父亲回到百花洲畔的住所。父子俩同榻而眠，整整谈了半夜。因瞿秋白行程匆匆，次日一早，便乘坐火车返回了北京。

瞿家祖居湖北黄梅，宋代迁至今天的江苏常熟，明中叶，才迁至江苏常州居住。瞿世玮的祖父瞿锡保，是道光年间的举人，瞿世玮的叔父瞿赓甫是同治年间的举人，曾在湖北为官30余年，1898年升任湖北按察使、布政使。瞿世玮的父亲瞿贞甫跟随瞿赓甫担任文案，后来授了一个五品奉政大夫的虚衔。

1875年3月13日，瞿世玮生于湖北，在瞿赓甫武昌官署中读书、成长。因在同辈的叔伯弟兄中排行老七，人称“瞿七爷”。1882年3月12日，瞿世玮的父亲暴病身亡，叔父瞿赓甫把他接到湖北官署内住过一段时间并为他花钱捐了一个正八品盐运司库大使的虚衔，以求得体面。1897年，瞿世玮“奉兄辈命”回到常州家乡，侍奉母亲庄太夫人。

瞿世玮与世无争，是位颇有才华、文质彬彬的儒者。他不但研习经史子集，还爱读老庄，信奉道教，学过剑术，懂得医道。他善于绘画，工于山水，技法圆熟。瞿世玮的画风属于常州画派，画学“四王”（即清代常州画派“四王吴恽”六大家中的王时敏、王鉴、王石谷、王原祈），尤其喜爱王石谷。

1898年初，瞿世玮与金璇成亲。婚后几年，瞿世玮夫妇共生养了6男2女，但后来活下来的只有6个。此时的瞿世玮一家人没有一分土地，也没有正式的工作，居住在叔父瞿赓甫所有的八桂堂里。瞿世玮的大哥瞿世琥先后担任桐乡、山阴、常山等县知县，由于瞿世玮在家侍奉母亲，因此瞿世琥每月会寄回一些钱，这成为瞿世玮家庭经济的主要来源。后来，瞿世琥被罢了官，经济一时拮据，还要兼养母亲庄氏，所以就不再往瞿世玮家寄钱了，瞿世玮一家便失去了主要的经济来源。瞿世玮去了湖北黄陂其姐夫家管账，他的妻子和孩子们则搬到了瞿氏宗祠居住，一家8口人全靠借债勉强维持。

1916年1月28日，瞿世玮身无分文地从湖北回来。其妻金璇感到生活无望，偷偷让次子瞿云白买回一盒红头火柴。几天后，她便吞火柴头自杀了。后来，瞿秋白在《饿乡纪程》中写道："我家因社会地位的根本动摇，随着时代的潮流，真正的破产了。'穷'不是偶然的，虽然因家族制的维系，亲戚相维持，也只如万丈波涛中的破船，其中名说是同舟共济的人，亦只能有牵衣悲泣的哀情，抱头痛哭的下策，谁救得谁呢？我母亲已经为'穷'所驱逐出宇宙之外，我父亲也只是这'穷'的遗物。"

主妇亡故，瞿家的生活更加拮据。最终，"一家星散，东飘西零"，瞿秋白兄弟三人住在北京堂兄瞿纯白家，其他子女也先后被杭州亲戚收养。瞿世玮与其五子瞿尧流寓济南，瞿尧聋痴，一老一少，相依为命，境况凄惨。

1923年夏初，瞿秋白第二次，也是最后一次来到济南，这是他最后一次与父亲见面。此时，瞿世玮已在同乡的推荐下，在画家俞建华等人创办的"私立山东美术学校"（1929年改名为"私立爱美中学"）任山水画教师。在王璞生家当了近3年的家庭教师的瞿世玮从王家搬出，因一位同乡的指点带着五子瞿垚住进了位于历山街的悟善社。瞿世玮在历山街悟善社住了两三年时间，后来悟善社被解散，他又在济南南门外东燕窝街的正宗坛（即正宗救济会）租了一处房子住下来。

瞿世玮创作于1911年的《法〈耕烟山水图〉》

军阀张宗昌督鲁时期，学校时无定所，生源也少，瞿世玮长期是有职无薪，只能靠鬻画为生。在瞿世玮生命的最后一年多时间里，他被延请到学生王凤年家中做家教。王凤年幼时失聪，1927至1928年在学校读书时与瞿世玮结下了深厚的师生情谊。瞿世玮对他格外怜惜，每每不厌其烦地画给他看。在王凤年的记忆中，瞿世玮由于长期营养不良，身体很差，50多岁的人像60岁开外：个子不高，有些驼背，蓄山羊胡，常戴一顶瓜皮小帽，着长袍，拄一根杖。瞿世玮无论画画、做事都很有精行俭德的古风。瞿世玮擅长画细笔山水，习惯用嘴舔墨润笔，所以口舌常黑，他的这一方法也被王凤年继承下来，王凤年每谈及此，常笑谈自己为“近墨者黑”。

1932年6月19日，瞿世玮在贫病交加中与世长辞。瞿世玮去世之后，在江苏同乡的帮助下，他的儿子瞿尧和学生吴炯将其安葬于济南千佛山与马鞍山之间的江苏第二公墓，墓前立碑，碑文为“民国壬申仲夏五月十六日申时寿终先考稚彬公之墓，武进不孝男瞿垚、铨敬立”。

1935年6月18日，瞿秋白高唱着《国际歌》在福建长汀英勇就义。瞿秋白就义的第二天，正是瞿世玮离世三周年的忌日，瞿秋白至死也不知其父病逝的消息。

第九章

百花洲的过客

有多少人是百花洲的过客？百花洲又成为多少人的过客？这世间，值得铭记的人，屈指可数；值得铭记的岁月，弹指一挥。过客很多，百花洲只有一个。

曲水亭街的十八盏路灯

光绪三十一年（1905）的某天晚上，曲水亭街及院前、院后等街上，依次亮起了一十八盏路灯，这是济南第一次出现路灯，成为一大奇景。当时，路灯是碳极弧光灯，依靠两电极之间拉弧发光，需要人工调节电极之间的距离“点燃”路灯。因此，每天都会有工人爬上电线杆，把一盏盏路灯“点”亮。这十八根灯杆分布在巡抚衙门周边，之所以从曲水亭街延伸出去，是因为用以发电的济南电灯房就在这条街上。电灯房的主人，名叫刘恩驻。

济南电灯房创办人刘恩驻

刘恩驻（1853~1923），字福航，沂水县刘家店子村人（今属沂南县）。刘恩驻出身官宦之家，其祖父刘象久、父亲刘策先皆为清朝官员。刘恩驻23岁考中了举人，补用道员衔，因眼界开阔，深得洋务派欣赏。光绪初年，其父亲去世，刘恩驻随母亲庄氏定居济南。1899年，刘恩驻就任山东机器局总办。因为机与电不分家，刘恩驻非常关注电力事业。

1905年6月，刘恩驻自筹27.9万银圆，购置了德国西门子洋行两台42千瓦蒸汽发电机组，聘请德国人斯密特·哈姆来济南装机，雇佣40余名工人，在百花洲南岸的院后街（现曲水亭街25号）开办了山东第一个民营电气企业济南电灯房。济南电灯房发电机的动力来自3吨锅驼机，那是一种锅炉和蒸汽机连在一起的动力机器，从锅炉来的蒸汽进入蒸汽机，在汽缸中膨胀做功，使主轴转动而输出机械功，同时带动发电机，提供电力。由于发电机组容量小，只能带起5000盏电灯，仅供官府和院前、院后、西门一带商户照明用电。

当时的山东巡抚吴廷斌就此上书朝廷，得到了褒奖。抚院下令扩充济南电灯房，注入官股予以支持。1908年，刘恩驻辞去山东机器局总办职务，督办河工，并专营电灯房。1909年，济南电灯房在东流水街中段（今趵突泉北路）购地6亩余，另设新厂，添设了英国拔伯葛公司生产的2台供热面积为209平方米的锅炉，并配备2台德国西门子洋行的立式蒸汽发电机，总容量为420千瓦，规模一下子扩大了5倍，供电范围扩展为西到商埠、南到南门、东到芙蓉街以东的区域。而到了1911年前后，电灯照明区域逐步扩展到商埠和济南全城。

济南电灯房使用的锅驼发电机（摄于清末）

在1918年第23期《电气》杂志中，有《济南电灯公司参观记》一文，介绍当时的电灯公司基本情况："济南电灯市街线路纯用木料电杆，电杆距离约间二十五步。所用变压器，多为油冷单相变压器……公司营业分包灯用户和电表用户两种。凡安十烛光灯二十五盏或十六烛光十五盏以上者，始有租用电表之资格。且每表须收安装费十元，每月收租价一元五角。其每度之售价为两角五分。包灯用户则每烛光每月售洋一角。例如十烛光则月售一元。其安灯费，则以所安灯式而异。有挂灯、拉灯、水挂灯种种名目。挂灯每盏要五元五角，拉灯每盏要七元五角。"

1919年，为了增加发电量，刘恩驻将济南电灯房全部资产作为股本作价60万银圆，并招新股40万元，将济南电灯房改为"济南电气股份有限公司"。刘恩驻任董事长，德国人斯密特·哈姆任工程师。公司章程中规定，股东只限中国人，不允许外籍人士参股。1920年，又购买500千瓦和1 000千瓦透平发电机各一台，总装机容量近2 000千瓦，其供电范围扩展到城市四周及洛口镇一带。1922年，公司扩展生产规模，再增500千瓦和1 000千瓦的发电机两台。

发电厂给刘家带来了巨大的经济效益。刘恩驻在电厂西边，即铜元局后街建造了很大的一片宅院，由南至北，共七进院，还有前后两个花园。宅前有40

亩正方形的荷塘，荷塘北岸分列两道砖砌花墙，正中铺有自南向北宽广平整的一条砂面通道，尽头是一座太湖石假山，绕山石东西两侧而过，才正式进入庭院。

1923年秋天，刘恩驻七十大寿，在济南八旗会馆祝寿，酒席摆了一百多桌，并从北京请来孟小冬戏班，连唱三天大戏。刘恩驻疲劳过度而病倒，不久就去世了。临终前，刘恩驻将电厂资产分给儿子刘筱航和二女婿庄式如，使他们成为主要股东，刘筱航任董事长，庄式如任经理。

“五三惨案”发生后，刘筱航委托林育均代他管理电气公司事宜，自己携全家到天津避难，在那儿一住就是三年多。1932年，济南形势稳定，但是，济南电气股份有限公司内部争权夺利，经营管理不善，很多用电户拖欠电费，军队、警察部门白用电，企业严重亏损，已经难以支撑，林育均为公司赊煤、收电费、调节各方关系，忙得焦头烂额。作为董事长的刘筱航却超然物外，在天津成了潇洒的寓公。

刘筱航没有其父刘恩驻的创业精神，他爱好养狗和看戏，为人洒脱，出手大方，对公司不管不问。直到庄式如不再给天津汇款，迫不得已，刘筱航只好返回济南。突然面对破败的家业，他手足无措，一筹莫展。这时，老管家说：“少东家不用愁，老爷在世时已经为你想到这一天了。他在后院埋了几缸银圆，并嘱咐我，将来不到少东家走投无路时，不让我告诉你。”刘筱航闻之大喜，全家人到后院北屋叩拜刘恩驻灵柩，取出银圆才又过了几天安稳日子。

济南电灯公司使用的发电机（摄于20世纪30年代）

听说董事长回来了，电气公司的股东和工人聚集在刘宅门前，他们不满庄式如，高喊口号，要求刘筱航回公司主事。刘筱航支持股东及工人“倒庄”，从而与庄式如的矛盾激化，二者对簿公堂。刘筱航求助刘恩驻的老友及股东原湖北督军王占元、山东督军张怀芝等，一同打压势力较大的庄家。1934年，刘筱航胜诉，庄式如下台。但刘筱航缺乏管理经验，难以承担公司大业，于是不得不与庄家妥协。同年7月，将董事会改组为山东济南电气整理委员会，委员长王子春，常务委员刘筱航、庄式如，经理王占元，随即着手筹款扩建。

齐鲁电业股份有限公司厂房（摄于 1940 年）

就在此时，山东省政府主席韩复榘以“电气公司股东间纠葛迭起，电力日形衰微，社会烦言丛生，电力为一市之专利企业，关系治安綦重，公司不能自行整理”为由，于同年12月派员代为整理,组建了临时整理委员会。原董事会均不得过问公司事务。刘筱航虽与社会上层有着盘根错节的关系，也与韩复榘也有不薄的交情，但依旧敢怒不敢言。不久后，刘筱航因气发病，于1936年3月去世，时年49岁。

齐鲁电业股份有限公司发电机（摄于 1940 年）

刘筱航去世后，韩复榘、杜月笙、宋哲元、何思远等国内许多政要人物都发来讣闻。丧事办得很隆重，刘筱航的灵柩将随刘恩驻的灵柩一同用火车运回老家。起灵那天，在东流水街电气公司对过摆了路祭，亲朋、邻居、股东、电气公司员工代表等陆陆续续向灵位祭拜。中午12点整，电气公司汽笛鸣启，吹鼓手们也奏起哀乐，全场哭声一片。电气公司原定只派代表来送葬，但出殡那天几乎所有员工都等候在路旁，与东家作最后一别。韩复榘派了一个连的士兵护送灵柩回沂水县。

济南沦陷后，电灯公司被强迫为“中日合办”，日本人还敲诈过刘家两次。日伪时期，庄士如的长子、次子都曾当过伪政权的厅长。日本投降后，国民党政府接收了电灯公司。而此时，刘家在电灯公司的股票已经全部卖光，刘家后人从富甲一方的著名企业家之后，沦落为贫困潦倒的平民。

1949年9月25日，中国人民解放军接管了济南电力有限公司，改称为“济南特别市电力公司”。1952年，发电厂从电力公司分出，正式命名为济南发电厂。1960年，济南发电厂划归黄台发电厂。1962年，济南发电厂撤销，设备外迁，结束了济南用泉水发电的历史。

100多年过去了，曲水亭街的电灯房遗址已不可寻。回望曲水亭街的那十八盏点灯，就如火种一般，一步步将光明送至济南城的千家万户。

后宰门街——陶钝的记忆片段

1921年，百花洲畔的小店中，曾有过一位名叫陶钝的住客。

陶 钝

陶钝（1901—1996），原名徐宝梯，字步云，曲艺研究家、作家。清光绪二十七年（1901年），陶钝出生于山东省诸城县，7岁开始在私塾读书，早年就读于观海小学，19岁考入山东省立第一中学。1923年，陶钝考入北京大学，毕业后在青岛、济南任教。1931年，陶钝在山东省立第一师范学校加入中国共产党，积极从事抗日救亡和革命文艺活动，是山东省国民抗敌协会创始人之一。新中国成立后，陶钝曾任山东省曲研会主席、省文联副主席，中国曲协副主席、主席，中国文联副主席。

陶钝虽然不是济南人，但他在济南求学，后来又在济任教，在济南入党，他在这座古老的城市中生活了15年。1921年，陶钝从诸城县立高小毕业，和几位同乡好友一起来到济南报考山东省立一中，就住在百花洲南岸后宰门街上的一家小店内。

在陶钝的记忆里，“后宰门街做生意和开小店的较多，住家户较少，还有基督教堂、报社。街西头路南是曲水亭，有家茶社，经常有下围棋、象棋的。1921年我住在一家小店只有一张床的小屋里，一天一角钱，连喝开水也不管，干住房。喝水很方便，这条街有三四家茶炉，一个铜子儿可以倒一壶开水。如果你长期在这里倒水，交一元钱他们给你一把竹签，一签一壶，大致可以用一个多月。吃饭也很方便，这街上就有馒头铺，半斤三个馒头，高二寸，直径一寸半，水分少，蒸得熟，味道甜，光就点咸菜也可以吃饱。如果你交上钱，留下地址，他们就可以在早10点和下午4点，派人挑着馒头囤子给你送到住处。如果你吃不完，剩下一个，只要不弄脏，不破皮，还可以换个热的。街上也有熟肉铺、酱园，可以顺便买点菜来。卖咸花生米的小店院子里就有，一个铜子儿一包，伴着热馒头吃，吃不完，还可以留着零吃。

后宰门街西头还有一条弯街，名为辘辘把子街，街上有一个小饭铺，名‘文升园’。用这样一个吉利的名字迎接前清的穷举子，后来的穷学生。这饭馆有两样好食品：油旋和坛子肉。他们的油旋又香又酥，到口就碎了。店主人夸口说：‘先生，您可以试试，五个油旋放在桌子上摞起来，一拳猛击，如果有一个不碎，压扁了，您不用付钱，白吃。’可是我们用筷子敲一个碎一个，不用拳击，就信服了。他们的坛子肉真是用坛子炖的。头一天晚上把肉切成方块，装在坛子里，炖到滚开之后，封上火，只留一个小孔，把坛子封上口坐上（不要压灭火），第二天早上来看，肉还是方块，肉汤里油花也很少，用嘴唇就能把肉咬烂，一点肉味不放散，这肉味还不好吗？小店里的住客，谁不去品尝一次？我们这些来考学的学生，会被先来的同乡、同学约到文升园，花不到

后宰门西口（摄于 1965 年）

一块钱请客。”

当时，中学的招生年龄限制在16岁，而陶钝已经20岁，办事员不予报名，他有些绝望：“思想像泼了一瓢冷水，升一中没有希望。”在同乡钟建华的争取下，校方同意接收，他遂以第四名的成绩考入省立一中。省立一中的宿舍在教室右边，离着大明湖不过几十步的距离，读书四年间，他经常在晚自习时去大明湖畔散步。

1923年的冬天，陶钝的好朋友陈某于省立一中毕业，住在后宰门街上的一家小店里。他一边预备功课，一边等来年暑假与陶钝一同去北京考大学。陶钝课余经常去后宰门街上看望这位好朋友：“他住的是小店后院，比较清净。对面一间同样的小屋，住着一位从其他城市来谋个饭碗的人。可是住了一个月，找不到一个糊口的职业，交不上店钱，外边的人常听到从小屋里发出‘店主东带过了黄骠马……’的唱腔。不久的一天，早9点他还不开门，店家从窗子破口往里望：他已经吊死了!这院里，还有一间较大的屋子，住着一个被政府裁员裁下来找不到职业的小职员，也付不上店钱。有二天晚上他没回来，店家撬开门一看，床上的被褥，里、表都拆去，只剩了两个棉絮，里、表大概进了当铺，换点路费去而不归了。

陈兄常对我讲在店里的耳闻目见，证明‘毕业即失业’的学生前途。当时适逢山东邮政管理局招一名邮务生，他抱着进一次考场经受一次锻炼的目的去报了名。报名的一百多人，多是大学毕业生，中学中业的很少。他答的卷子比较完全，但没有抱一点被取的希望。可是三天之后邮递员送来了他被录取的通知。我不同意他去，他开始也不准备去，可是到了报到期限将满，他对我说：‘从这店的住客来看，大学毕业找不到职业的占不小的数目。我家境困难，供我大学毕业后，找不到工作，连饭也吃不上，怎么对得起家庭！’最后两小时他去报了到。两名备取知道他报到了，垂头丧气而去。原来得百分的答卷有三本，他是其中之一，但他的小楷字写得好，在中学就享有盛名，邮局看上了，所以取了他。邮局一年增四元的工资，10年之后，比原工资就加一倍了。那时邮政海关是外国人管理的，我们为此气愤，他因为依靠外国人，生活有了保证，便妥协了。”

陈某因小店里的所见而改变了人生观和人生轨迹，陶钝却更加坚定了他的人生方向。省立一中毕业后，陶钝以优异成绩考入北京大学。1931年6月底，陶钝到青岛女中任教务主任。因传播共产主义思想被告发，恰逢山东省立第一师范学校校长蔡自声和教务长王祝晨盛情邀请，遂来到济南出任一师范训

后宰门街的老建筑

育主任，教授师范三年级两个班的文学概论、两个班的中国哲学。陶钝随后把妻子和两个女儿接到济南，开启新的生活。这一年，陶钝在济南加入了中国共产党。

省立一师任教期间，济南乡村师范鞠思敏校长曾请陶钝到校演讲。陶钝以“读什么书、怎样读书”为题，隐晦地讲解共产主义，将马列主义的书作为社会科学的书，将历史唯物论作为科学的历史观点，引用惠施的论点，《易经》上的语句，却只字不提马列。听众心领神会，讲演大为成功。

“九一八”事变爆发后，全国各地爆发了此起彼伏的学潮运动。北大南下示威团途径济南时，济南爱国师生纷纷前去慰问。随后，各校学生代表在一师召开联席会议。陶钝在一师礼堂作了题为《请愿与示威》的动员讲演。这次演讲成为陶钝后来入狱的一大“罪状”。

1932年3月20日凌晨，两个特务闯进了陶钝的宿舍，两支手枪顶在陶钝前胸。特务在陶钝屋中乱搜一通，在柜子上找到了一本地摊上买来的《共产主义运动中的“左派”幼稚病》。幸运的是，陶钝妻子倩云袜子底下藏着的《从二月革命到十月革命》及一份中共六大文件并未被发现。两个特务押着陶钝又到学校休息室搜了一通，一无所获。

后宰门街

陶钝仍然被关进了警局的监狱。同一个屋的，还有乡师的刘开濬、陈允中和正谊中学的两个学生。作为重刑政治犯，陶钝被拷了两副20多斤重的脚镣，这令身体瘦弱的他痛苦不堪。入狱后，陶钝多次受审，对他使用各种酷刑。受刑后，陶钝20多天没有站起来，但他始终不承认自己是共产党员，也没有泄露任何机密。最后，依据《危害民国紧急治罪法》，陶钝被处死刑押入法院看守分所，关在“革”字一号监，不能通信，不能见家人。

1936年，由前清翰林、韩复榘的古文老师丁昌言牵头，济南各校校长联名担保，省政府同意陶钝等七人保外就医。1936年3月20日，陶钝缓步走出济南警察局的监狱大门，结束了整整四年的牢狱生活，重见天日。25日，陶钝回到了阔别已久的家乡诸城，同时也离开了他的另一个故乡济南。

60年后，陶钝回忆后宰门街时曾说过：“后来我考入北京大学，路过济南时还是去文升园吃油旋、坛子肉。转瞬间60年过去了，不知它今天的境况如何？”

辛公馆走出来的三代名士

在百花洲的西北角，过去有一幢玲珑小巧、古朴典雅的3层楼房，名为辛公馆，那是济南开明人士辛铸九祖孙三代曾居住过的地方。

辛公馆建于20世纪30年代，建筑沿鹊华桥街（今大明湖路）向西和曲水亭街向南展开，在北墙和东墙上都开有大门。整个建筑形式为典型的近代建筑中的折中风格，既有欧洲罗曼式连续半圆圈形檐口、欧式的阳台和屋顶、曲线形门窗洞等，也有窗下墙上典型的中国传统回形纹样。楼房的东立面分为三段：北边两开间为三层，顶部四角攒尖顶样式；中部三开间两层，两层有外挑的阳台和屋顶平台，人们可以从南、北面的房子里走上平台，眺望百花洲的景色；南段三开间也是二层，其屋顶为南侧一开间的四角攒尖顶，与其北二开间的四坡顶相结合式样。北立面较短：东边两开间是三层，四角攒尖顶，西侧的两开间因地势低下米许，也为三层。小楼布局巧借地势，在一个不大的楼房中，立面屋顶形状各异、复杂多样，设计手法之巧妙在济南城内非常少见。

小楼的原主人辛铸九（1880—1965），名辛葆鼎，字铸九，以字行。山东省章丘市辛寨乡辛寨村人。他经商、做官、搞教育、办慈善，精通文物鉴赏，书法极有功力。我们这位百花洲畔的老邻居，一生可谓多彩而又传奇。

辛铸九排行老九，以夏禹“铸九鼎，像九州”取字“铸九”。他自幼聪颖

昔日辛公馆

敏达，熟读经书。后就读于章丘县优级师范学校，毕业后回乡教私塾。光绪二十九年（1903），绣江书院改为县立高等小学堂，为章丘第一所新式学堂，辛铸九为堂长，并特赏七品顶戴。1915年，他携眷去益都（今青州市）任省立第四师范学校校长，并给益都省立十中兼课。1919年，辛铸九以卓著的教绩和高尚的人望，先后被选为章丘县议员和山东省议员，从此，离开杏坛。

1923年，临城劫车案发生，该案是土匪绑架“洋票”的大案，有“民国第一案”之称。此案肇事地点正在峄县境内，而且孙美瑶又是该县孙庄人，被劫旅客全部押在峄县境内的抱犊崮，因此峄县县长对此案负有不可推卸的责任。峄县县长因此被撤，由辛铸九继职，初入宦海的辛铸九立即卷进了这个大劫案之中。辛铸九沉着应对，巧妙周旋，积极协办该案。此后，峄县枣庄中兴煤炭公司又发生了井下瓦斯爆炸，矿工125人丧生。资方对此重大事故持不负责态度，辛铸九大怒，据理斗争。迫使资方赔偿每个死难工人银币200元。辛铸九在峄县任职期间，清正廉明，深得民心。离任时，当地民众赠送了万民旗和万民伞。在清平县任县知事2年后，辛铸九回到济南，任商会会长。

在1931年之前，济南同时存在两个商会，分别是济南总商会、济南商埠商会，后来又出现了泺口镇商会，三个商会互不相属。1930年2月4日济南总商会改称济南市商会，是日改选出新一届执行委员会和监察委员会，辛铸九被选举为市商会会长。此后，山东省政府限期令两商会分别改组，国民党训练部则令两商会“组合一商会”。1931年11月组成济南市商会筹备委员会，当时全市有行业公会84个，公司和厂店3 245个。1932年3月22日，新的济南市商会第一届选举大会在城内富官街原济南市商会举行，各同业公会代表1 320人到会，通过《山东省济南市商会章程》，选出市商会执行委员15人，监察委员7人，选举张叔衡为会长，辛铸九为常务委员，新商会的会址设于原济南商埠商会。

1932年6月16日，当时的山东省主席韩复榘打着富国裕民的幌子，在按察司街开办了山东最大的官办当铺“裕鲁当”。“裕鲁当”开业后，韩复榘自任监督，辛铸九为董事长，韩复榘的亲戚薛映书为经理。当铺开业后，由于条件优惠，很多济南人开始转到这里当东西，营业状况一直不错，出款经常在30万元左右，济南日商当铺受到巨大冲击。

1937年，卢沟桥事变爆发，日军沿津浦线南下。日军于10月侵占德州，11月进抵黄河北岸，济南此时已人心惶惶。12月初，辛铸九等人拟定章程，典当人持当票只付当金，不必再付利息就可赎回东西。同月中旬，又规定当金、利息均可不付，只要凭当票就可取回东西。12月20日，日军分东西路由济阳、齐河渡过黄河逼近济南，城外一响起大炮声，人们开始变得惊慌。裕鲁当的掌柜的、伙计已经不知去向，当铺遂被哄抢一空。

韩复榘早就准备不战而逃，撤出济南前纵火焚毁了省政府、劝业场、进德会、火车站等很多重要建筑，其中也包括裕鲁当等商业建筑，自称是“焦土抗战”。烧毁裕鲁当前，当铺监事李新儒、常务董事李天倪、董事长辛铸九当面向韩复榘提出反对意见。次日，李新儒险遭枪决，李天倪遭暗杀，辛铸九也被韩复榘拘留一昼夜。回忆往事，辛铸九愤怒地说：“自此，裕鲁当的事没有再敢问的，所有珍贵当品及金银首饰，均被张绍堂和薛经理等拿走，韩复榘自谓便民的事业，结果坑害了商民！”

济南沦陷前，韩复榘曾责令军法处处长魏汉章将多年没收积存的鸦片，交济南商会按市价销售各商店，以发横财，遭到辛铸九严词拒绝。魏汉章恼羞成怒，欲逮捕辛铸九，辛闻讯到洪家楼天主教堂避难脱险。辛铸九没有跟着韩复榘撤走，决定留在济南。但他担心家人的安全，便让儿子辛葭舟带着家人先撤回家乡。辛葭舟娶有一妻一妾，育有三儿三女，大女儿已经出嫁，他带着五个子女出城逃难去了。

1937年12月27日上午9时，日军侵占济南，士兵到处奸淫烧杀，社会一片

辛铸九

混乱。济南商会会长辛铸九、济南道院统掌何素朴、亲日派军阀马良一起去见日军特务机关机关长，交涉维持市面秩序事宜。1938年初，日军准备成立“维持会”，辛铸九是维持会长的首要候选人之一。辛铸九不愿为虎作伥，避居济南东郊洪家楼教堂。于是，马良当了维持会会长，两个月后又出任日伪省长。不到半年，日军打算撤换马良，派人劝说辛铸九接任省长。辛铸九屡屡以年老多病为由拒绝。1939年正月初十晚九点，日军宪兵队以辛铸九的儿子辛葭舟是“共匪要员”为把柄，将辛铸九逮捕入狱。辛铸九在遭受了37天的残酷折磨后，经朋友奔走营救，花费5 000多银圆，才得以逃生。

出狱后，辛铸九任山东省图书馆馆长兼山东红卍字会统长。在任期间，辛铸九抢救了散逸的海源阁藏书。清代进士杨以增所建的聊城“海源阁”藏书多达22万余卷，与“铁琴铜剑楼”“皕宋楼”“八千卷楼”并称清末四大私人藏书楼。其中海源阁与铁琴铜剑楼所藏宋元刻本和抄本最多，深为海内外学者仰慕。自清末始，海源阁藏书屡遭损毁。1927年至1930年底，海源阁又两次遭劫，两次外运，此后其散出之书流布于天津、济南、北平等地10余年，或被书贾攫去，或入公私藏书家手，星散于各地。1931年杨氏第四代传人杨承训把50箱劫余藏书，运到济南准备出售。王献唐提出代为保管、半捐半卖或半价收购的三种方案。杨氏同意半捐半卖，但上峰不拨款，最终不了了之。其后杨氏把藏书暂存经二纬一路东兴里，1942年又运到北京出售。消息传来，时任山东图书馆馆长的辛铸九急忙联络社会名流苗兰亭、张蔚斋，募集300万巨款，三次赴京与杨氏反复协商，终于把藏书买下。藏书运回济南后珍藏于麟祥街的道德总社，共计32 000余册，其中善本590种、9 802册。抗日战争胜利后，全部归入山东图书馆。

辛铸九的儿子辛葭舟，经历了几个月的逃亡生涯后，辛葭舟给当时的中共山东省委书记郭洪涛写了封信，表达了他下定决心投奔根据地抗日的迫切愿望。郭洪涛收到信后立刻回信，请辛葭舟携家人到滕县八路军的后方，并派出一个八路军小分队接应辛家。由于当时的省委机关和部队物资缺乏，生活比较困难，辛葭舟悉数捐出身上所带的钱财。就这样，辛葭舟一家参加了革命工作，汇入到抗日救国的革命洪流中。新中国成立后，辛葭舟曾任山东省人民政府委员、山东省交通局局长和交通厅厅长。

辛葭舟的女儿辛树荷，参加革命后改名为辛锐，其名被收录在2014年民政部公布的第一批300名著名抗日英烈和英雄群体名录中。辛锐在百花洲边的辛公馆出生并长大，早年就读于辛公馆附近的济南正谊中学，善绘画，工木刻。1933年，15岁的辛锐在济南民众教育馆举办个人画展，同时进行画作义卖，所得款项全部捐赠抗日将士和东北流亡同胞。辛锐跟随其父辛葭舟一起加入了八路军后，在部队从事文艺工作，并很快成长为一名出色的革命战士，先后任中共山东分局秘书、山东省妇联秘书、姊妹剧团团长等职。1939年1月1日《大众日报》创刊号上的报头设计和毛泽东木刻头像，均出自辛锐之手。1941年11月，日军出动5万兵力对沂蒙山区实行大扫荡，辛锐的丈夫陈明在突围时不幸遇难。怀孕五个月的辛锐也双膝中弹，被群众隐藏在一个山洞里。12月17日，日军发现了辛锐的藏身处，在日军逼近之际，辛锐用最后一颗手榴弹与日军同归于尽，年仅23岁。

辛锐与其丈夫陈明的合影

1942年年底，年仅19岁的辛树明也牺牲了。三年后，中共山东省政府主席黎玉给辛铸九写了一封信，负责给辛铸九送信的辛颖转达爷爷的话说："我不回信了。你替我跟黎主席捎句话：我不会和我的子孙走两条路的！就告诉他这一句就行了。如果我跟子孙走了相反的路，我怎么向他们交代，怎么对得起我的树荷和树明啊。"

1948年9月济南战役中，辛铸九组织红十字会员进入战地，救死扶伤，掩埋处理尸体，受到人民政府嘉奖。新中国成立后，辛铸九被选为山东省人大代表和省政协委员。1965年，辛铸九在济南谢世，享年85岁。

此后，辛公馆被改为大明湖饭店，2008年10月被拆除。如今，只能站在辛公馆的旧址，望着百花洲静静流淌的泉水吊念辛公及他的子孙了。

"百花洲客"和他的大同共和国

他，是北方旧民主革命巨擘。1908年，他首次用现代测绘手段对奉吉两省界限、中朝国界、长白山三江源头的全方位勘察；1911年，他在安图县成立了共和政体的"大同共和国"，比中华民国临时政府早两个月，开共和之先声；1938年，他拒绝了日伪华北自治政府主席一职，当场撕毁委任状，遭暗杀而不死。就是这样一个"玩"了半辈子政治的人物，晚年却脱离政治纷扰，终日吟诗作画，80余岁时在济南百花洲畔定居，自号"百花洲客"。他——前半生名叫"刘建封"，后半生名为"刘大同"。

刘大同，原名刘建封，字桐阶，号芝叟道人、芝里老人、天池钓叟、百花洲客，清同治四年（1865）出生于山东诸城县临浯乡芝畔村（今安丘市景芝镇芝泮村）一个书香门第。刘大同自幼聪颖，在祖父刘雪堂的精心教育下，8岁即通《诗经》，少年中秀才，后来又举为附贡生。他8岁那年，祖父问他喜欢读什么书，刘大同答道：《诗经》。祖父又问：《诗经》的精意在何处啊？刘大同答道："有真性情！"刘大同用他的一生，证明了他是有真性情的。

刘大同28岁那年，结发妻子李氏病故，他感觉"故乡地小难为用"，决定离乡北漂。刘大同来到北京，玩古董、赏字画、写文章、交朋友，他对玉器鉴古颇有造诣，写出了专著《古玉辨》。就这么玩了一段时间，刘大同寻思着该干点有意义的事儿了。刘大同是秀才，本来考取功名是最快捷的路子，但科举制度在1906年就被废除了，刘大同花钱捐得了一个“候补知县”，开始了他的政治生涯。

光绪三十四年（1908），为确保国界安定完整，东三省总督徐世昌组织了一次对中朝边境、奉吉两省界线、长白山三江（松花江、鸭绿江、图们江）之源的勘察，刘大同被委任为勘界委员。1908年5月28日，刘大同率领5位北洋陆军测绘学堂毕业的测绘员及10名护勇出发，历时4个月，西以头道花园河为起点，东以红旗河尾闾为终点，南至团头山，北至松花江之下两江口，行程东西600华里、南北360余华里，采用近代测绘手段对这一地区进行了史无前例的全方位勘察。刘大同根据勘察结果，写出了《长白山设治兼勘分奉吉界线书》《长白山江岗志略》，并为长白山周围的240个江冈命名并做了考证，填补了历史空白。勘察过程中，刘大同还为长白山天池十六峰命名，这些山峰的名字至今仍在沿用。

刘大同

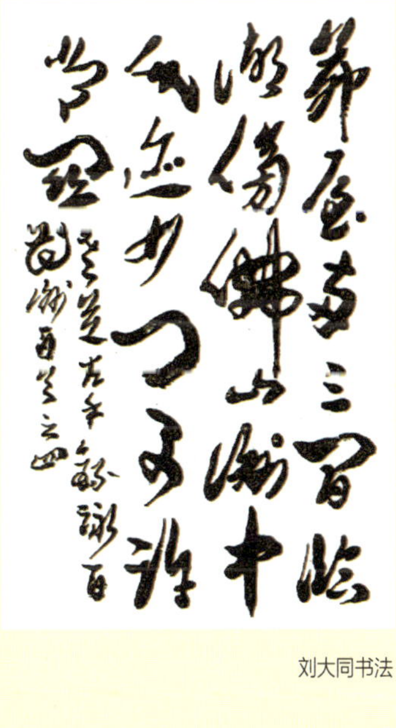

刘大同书法

宣统元年（1909）十二月，清政府在安图设县，时任长白府帮办的刘大同成为第一任知县，并统领松图两江林政局警卫队。这一年，刘大同44岁。县治新设，安图全县地大物博，可人烟寥落。县公署是23间草房，四周竖着木板作障。县城没有城墙、没有炮台，只围绕县街挖了5尺深的壕沟，以兹防守。刘大同在安图任职3年，招民垦荒，力举农业；创设林政，发展林业；重视教育，成立劝学所；力倡商业，建立商务所；开发交通，修建官道；开通信息，设立邮政……可谓建树良多。

刘大同是一位有能力的好官员，却不是“听话”的官员，这位清廷的七品县令早在1905年就加入了同盟会。而在此之前，他早就是“华兴会”的成员，与孙中山、黄兴、宋教仁、章太炎、廖仲恺、陈其美等辛亥革命先驱交往甚密，是一个地地道道的革命党人。1911年10月10日，震惊中外的武昌起义爆发。刘大同立即在安图响应举义，于1911年12月宣告成立“大同共和国”，并致电通告中外。辛亥革命之后，从10月中旬到11月中旬，全国21个省有14个省宣布了独立，但谁也没敢称“共和国”，只有刘大同例外。他激情满怀，将自己的名字“建封”改名为“大同”，以示自己创建大同世界的政治抱负。臧克家在1983年12月写给诸城文史资料委员会的信中，提到过辛亥革命后曾有“南有孙中山，北有刘大同”之说，可见其影响之大。

刘建封在安图举义不久，东三省总督赵尔巽先抚后剿。刘大同在媒体上发表了《辛亥寄赵尔巽》一诗，揭批赵尔巽：“丰为祸川今被戮，辽东又起勤王军。赵家兄弟胡儿狗，忘尔祖宗是汉人。”赵尔巽遂兴兵征剿安图。刘大同不是个只会动嘴的人，他屯兵于安图西北的牡丹岭，与前来征剿的清兵摆开阵势。义军以逸待劳，以一当十，一举把清军赶出牡丹岭。“逐寇白山陲，我军酣战时。半天大风起，犹闻征马嘶。鼓鼙声未歇，血带雪花飞。”得之不易的胜利使刘大同有些头脑发热，他决定乘胜进击，攻打奉天。赵尔巽从郑家屯调来张作霖部，第二次进剿安图，义军力薄难支，昙花一现的“大同

长白山刘大同雕像

共和国”遂告失败。清史馆校对金梁在《光宣小记》一书中谈道：“及辛亥革命，刘竞举旗于白山，其名拟曰大同共和国，通告中外，闻者为之一惊。卒以无后继，为省军所败，刘亦南走。此建国小史，实在民国成立之先。”

兵败后，刘大同辗转大连、天津、广东、日本等地，继续国民革命。中华民国成立后，刘建封参加了“二次革命”，反对袁世凯称帝。此后数十年，他一直凭着自己的真性情奔走南北。关东著名辛亥革命领导人赵中皓称：“吾老友刘大同先生为山左望族，重道德，尚气节，素持大同主义，改名字以之行。由辛亥、癸丑以至丙辰诸役无不与其事。”1938年，华北日军邀请刘大同出任伪职，他严词拒绝，当场撕毁日方任命书。日军派特务暗杀刘大同，子弹射中了他的头部，“创甚剧而卒未死”，昏睡七日后方才脱险。刘大同后来回忆道：“予为政治革命，垂四十年。其间抄家二次，引渡二次，驱逐七次，悬赏逮捕三次，监视二次，受审十一次，艰险备经，屡濒于殆……予亡命多年，生死早置之度外。”

1931年，刘大同定居天津英租界义庆里，不问政治，开始了闲居的生活。他潜心于诗、书、画，其诗通俗易懂，有万首之多；其书法以草书、隶书、篆书见长；绘画则长于花鸟尤，擅墨梅。早在20世纪20年代，章太炎编辑出版了一本《诸城三刘合璧》，收录了明朝刘子羽、清朝刘墉和刘大同的书法作品，可见其书法地位。1924年，刘大同成立诗社“平社”，十年后又加入了济南的“明湖画社”，来往于济南、天津两地之间。

明湖画社，其前身是1933年岳祥书创办的“济南祥书美术馆”，明湖画社活动历时十余年，注重社员之间的相互学习和交流，更接近于传统雅集的性质。明湖画社早先在大明湖遐园内的景亭中聚会，先是名家作画，众人旁观，有时也由画师讲解作画方法。每次社集都要定下题目，各人回家作画，等下次社集时各出所作，画师和学画者一起点评。后来景亭失火，没有了活动场所。

1947年，适逢刘大同的朋友国晋卿、张益三于百花洲西侧的贫民工厂设宴，刘大同看到新建的五间平房空闲无用，便借作画社活动场地，明湖画社遂移至此处。“今则移画所于洲之西岸，我先得而居之，真奇遇耳。凡我社中同

百花洲

人来者，未有不拍案叫绝者也。”刘大同非常喜欢百花洲，在他眼中，这里“杨柳垂荫，荷蒲盈沚……晨起则遇汲水之孩童，夕出则见浣纱之少女，布谷之声，纺织之音不时闻焉。泉流严冬不冻，荇藻寒雪不凋，其景物之特殊，气象万千，尤足动人之诗情画意焉。殆所谓城市中会有山林风味，未有过于此洲者也。”他认为济南的美景中，“湖外名胜莫过于百花洲”。

明湖画社搬到百花洲畔后，刘大同命人在这里种了许多兰花、竹子、菊花、梅花、桑树、奇松、石榆等，将画社装扮得清新雅致。1950年之后，刘大同就在百花洲畔定居下来，每日与画社同人散步于洲边，“兴至写梅数枝，拉杂题词，悬诸壁间，亦少尘嚣之气。”或邀社中三五知己，“煮芝酒、烹湖卿、唱古歌、赋新诗。”刘大同对百花洲的挚爱无以复加，他自号“百花洲客”，将百花洲视为世外桃源。他在诗中写道：“济水去悠悠，荷香解我愁。桃源何处有，今日百花洲。”

1952年7月23日，刘大同在济南病逝，享年88岁，葬于千佛山麓。刘大同幼年求学于济南尚志书院，晚年又长期在济南生活，他对济南这座城市充满了感情。在他长眠的千佛山上，刘大同生前曾刻下过这样的诗句：“相传舜躬耕，曾在历山下。缥缈九默烟，瞬息千变化。航轨已交通，济南冠欧亚。古时不如今，予言岂假借。”

图书在版编目（CIP）数据

百花洲：秋水芙蓉一镜涵／耿仝著．—济南：济南出版社，2020.6
（济南故事／杨峰主编）
ISBN 978-7-5488-4038-1

Ⅰ．①百… Ⅱ．①耿… Ⅲ．①散文集—中国—当代
Ⅳ．①I267

中国版本图书馆CIP数据核字（2020）第013533号

百花洲：秋水芙蓉一镜涵
BAIHUAZHOU: QIUSHUI FURONG YIJINGHAN

出 版 人：崔　刚
图书策划：郅　良　李　岩　张元立
责任编辑：范玉峰　董傲囡
封面设计：张　金
出版发行：济南出版社
地　　址：济南市市中区二环南路 1 号　250002
邮　　箱：ozking@qq.com
印 刷 者：济南新先锋彩印有限公司
经 销 者：各地新华书店
成品尺寸：170 mm × 230 mm　1/16
印　　张：11.5
字　　数：180千字
印　　数：1—10000册
出版时间：2020年6月第1版
印刷时间：2020年6月第1次印刷
书　　号：ISBN 978-7-5488-4038-1
定　　价：59.00元